貓咪也瘋狂 02

WHAT'S MICHAEL? KOBAYASHI MAKOTO

小林誠

小林 まこと

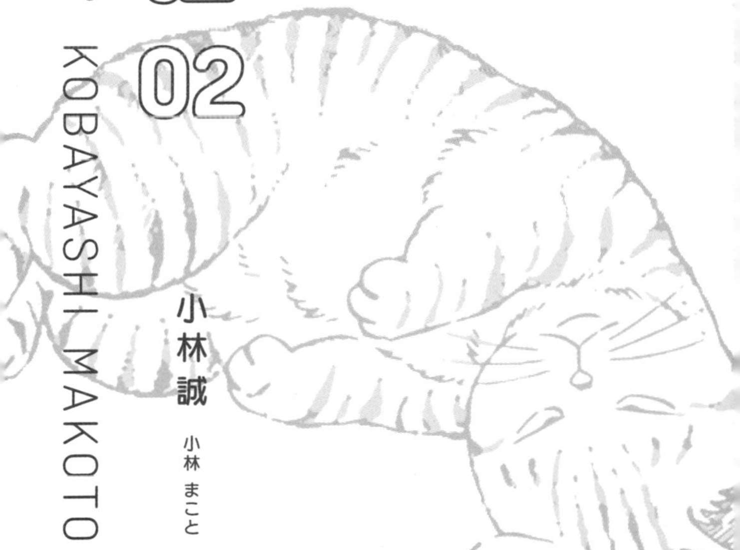

目錄

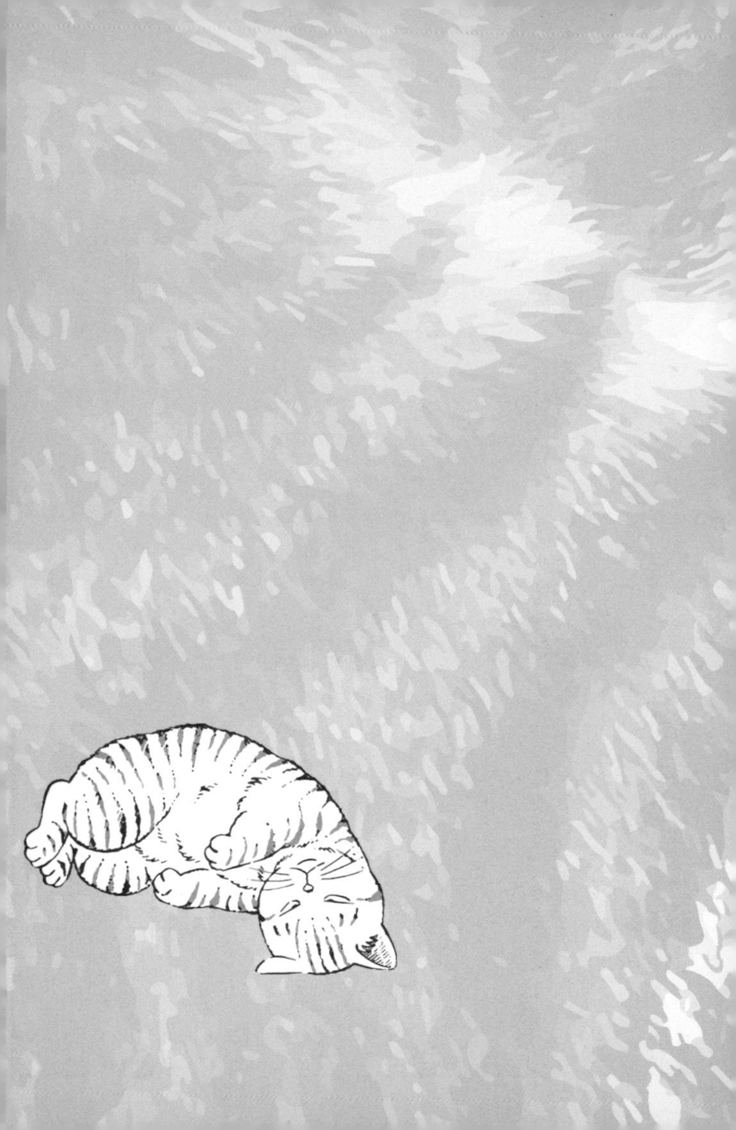

Vol.37

跳舞的麥可！（前篇）

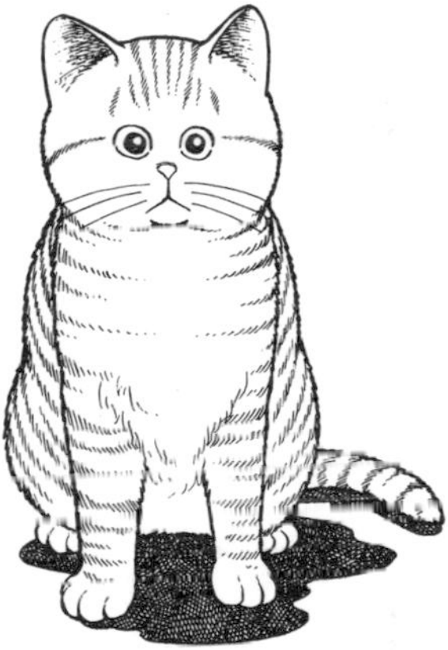

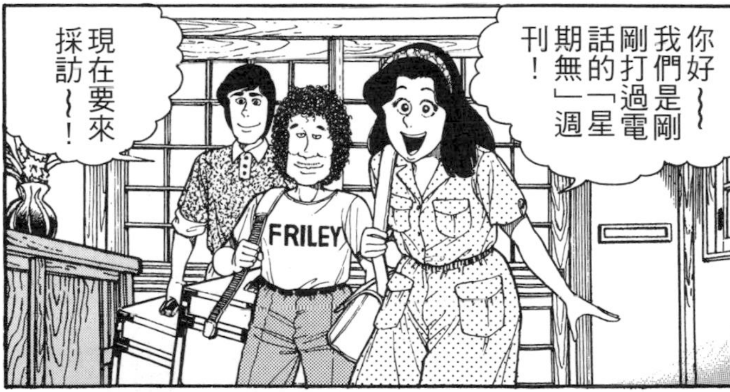
你好～～我們是剛剛打過電話的「星期無」週刊！
現在要來採訪～～！
FRILEY

你好，我們正在等你們。
請進、請進。
不好意思打擾了~~
這、這就是會跳舞的貓嗎!?
沒錯，就是他~~!
我親眼看過，附近鄰居也有好幾個人說「看到他手舞足蹈」，他真的會跳舞唷!
那，這隻貓什麼時候會跳舞呢?
請用~
啊……謝謝。

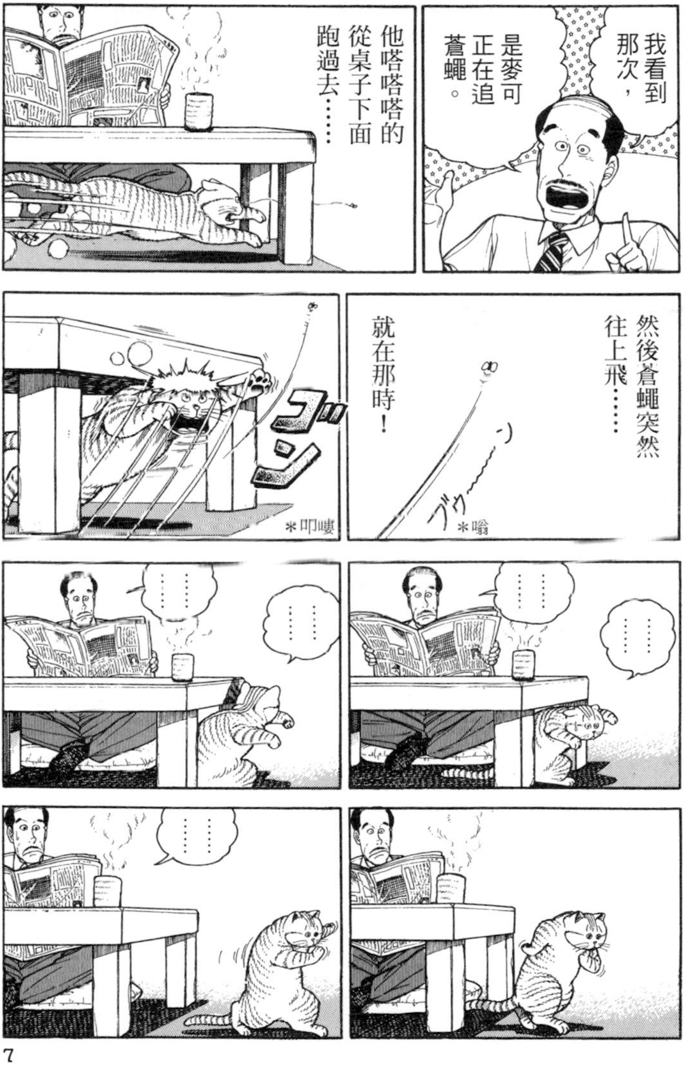
我看到那次，
是麥可正在追蒼蠅。
他嗒嗒嗒的從桌子下面跑過去……
然後蒼蠅突然往上飛……
就在那時！
＊嗡
ゴン
＊叩嘍
……
……
……
……
……
……

……
就是這樣~~!
這、這是真的嘛!還有什麼時候也會呢?
三天前吧，客廳傳來咔鏘的聲音……
*咔鏘
嗯……
我心想發生了什麼事，就走過去看……
嗯……
……

……
……
一看發現客廳裡的花瓶掉下來破掉了！
好、好厲害的貓咪啊～～！
哪裡～～也沒那麼厲害啦～～哈哈哈哈
請、請讓我們拍下他跳舞的模樣！
嗯～～但不知他會不會跳……
就連我這主人也只看過兩次而已啊……
請你幫幫忙。

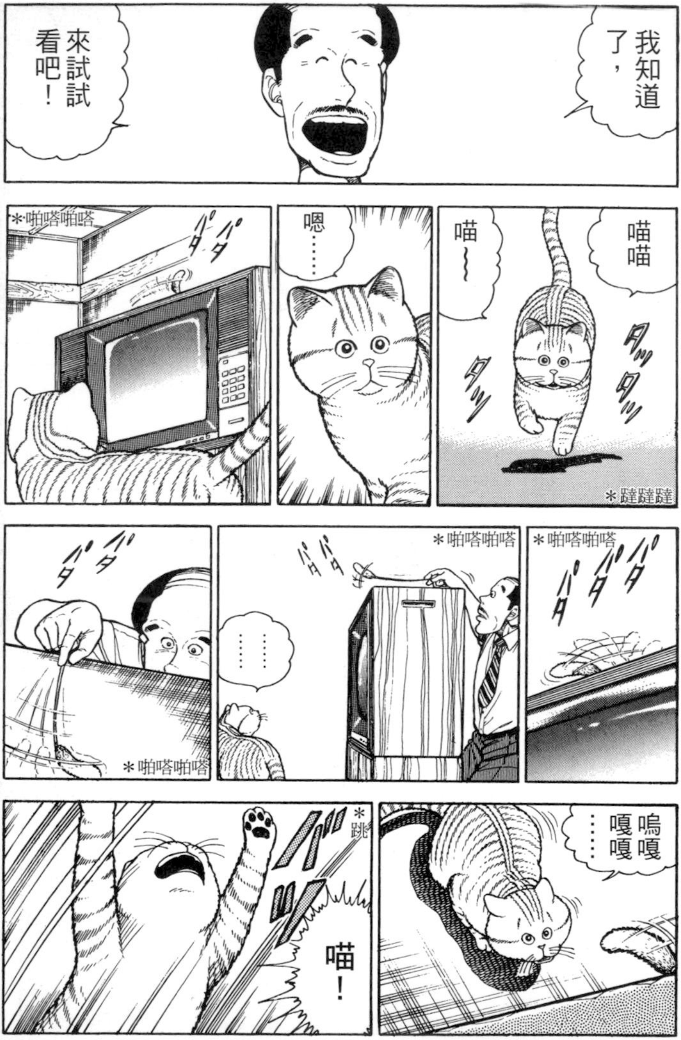
我知道了，
來試試看吧！
喵喵
喵～～
*躂躂躂
嗯……
*啪嗒啪嗒
*啪嗒啪嗒
*啪嗒啪嗒
……
*啪嗒啪嗒
嗚嘎嘎嘎……
*跳
喵！

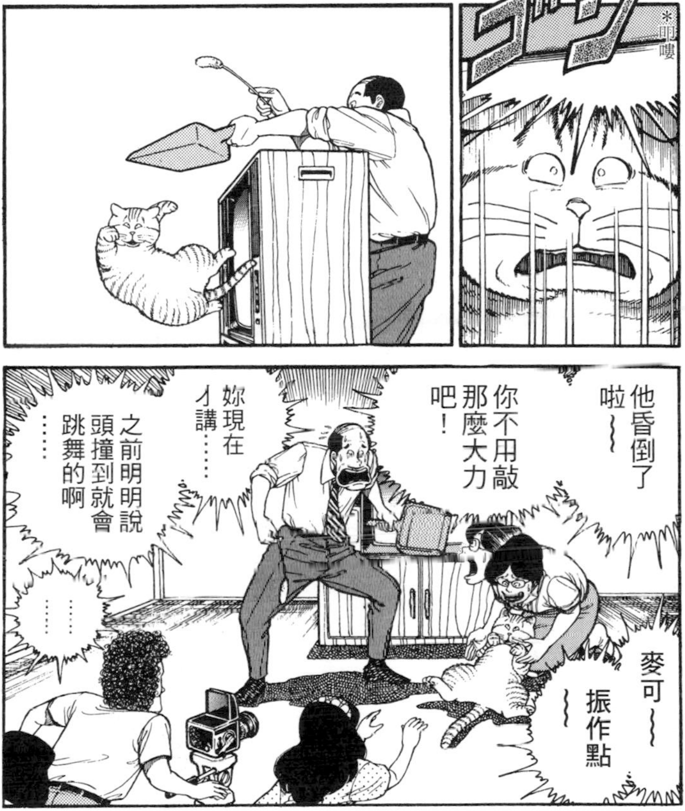
ゴン
*叩嘍
他昏倒了啦～～
你不用敲那麼大力吧！
妳現在才講……
之前明明說頭撞到就會跳舞的啊……
……
麥可～～振作點～～

嗚喵喵喵！

不能強迫貓咪表演才藝……

THE END

Vol.38 跳舞的麥可！（後篇）

咪嘎～～
咪呀～～
請、請快一點～～
好痛痛痛
*亂揮
這隻貓討厭被抱……
好痛痛痛痛
只要抱超過三十秒就會暴走，痛痛痛痛……
請、請等一下。
咪呀～～
*喀鏘喀鏘

好，可以了。
開始囉～～！
來，笑一個～
咪嘎嘎～
好痛好痛～我不行了！
＊抓抓
＊逃跑
等等～麥可～
喂～快去拿小魚乾過來！
好！
嗚喵～～！
＊逃跑
＊衝
＊咔喳咔喳
好了～～
痛痛痛痛～
＊跳

真的很謝謝你們～～
雖然沒拍到跳舞的照片，但這樣也能讓我們寫出報導了。
哪裡～不客氣～～
等出版後會寄給你們。
你們辛苦了～～
啊……
……
怎麼了……
對、對不起……
底……
底片，
我忘記放進去了……

欸……
……
……
……

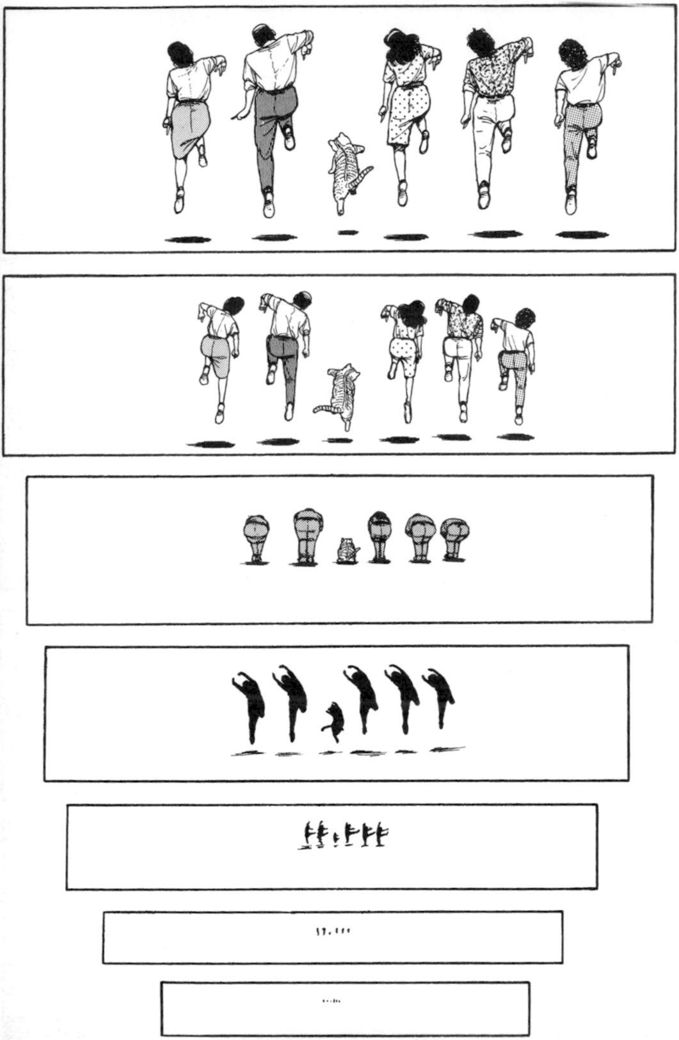

THE END

Vol.39 貓公館

嗚喵喵喵～
咪呀～
＊咚叩咚叩
＊咚咚咚咚
嗚喵嗚喵嗚喵～
＊咚咚咚咚
＊噔噔噔
……
＊砰轟
＊啪噹
嗚喵喵……
（……真吵耶……）
……
ウニャ～ッ
＊嗚喵
＊咚咚咚咚
咪呀～……
嗚喵喵！
＊咚咚咚咚
＊砰轟
＊啪噹
……
……

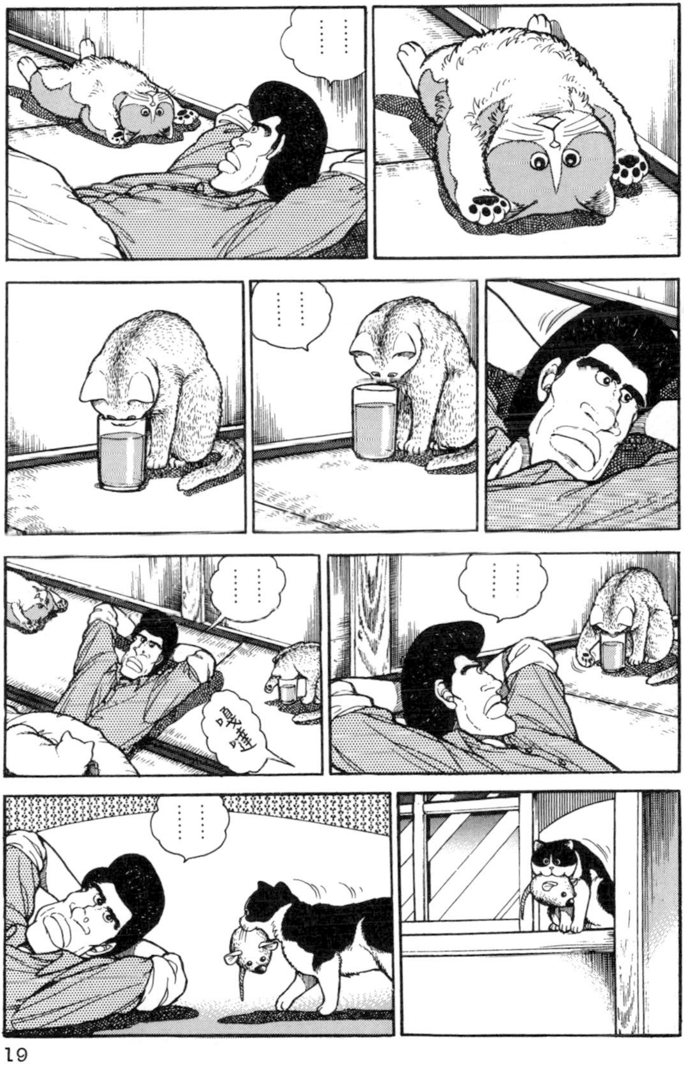
……
……
……
啜噠
……
……

……
……
……
……
……
……
……
咪～～
咪～～
嗚喵
喵喵
喵喵
咪呀
呀～～
*砰轟
*啪噹
*咚咚咚咚

咪～～
咪～～
ヨロヨロ…
ヨロ…
＊搖搖晃晃
咪～～
咪～～
……
您好，感謝您經常幫忙～～
給您添麻煩了～～
哪裡……

THE END

Vol.40 車

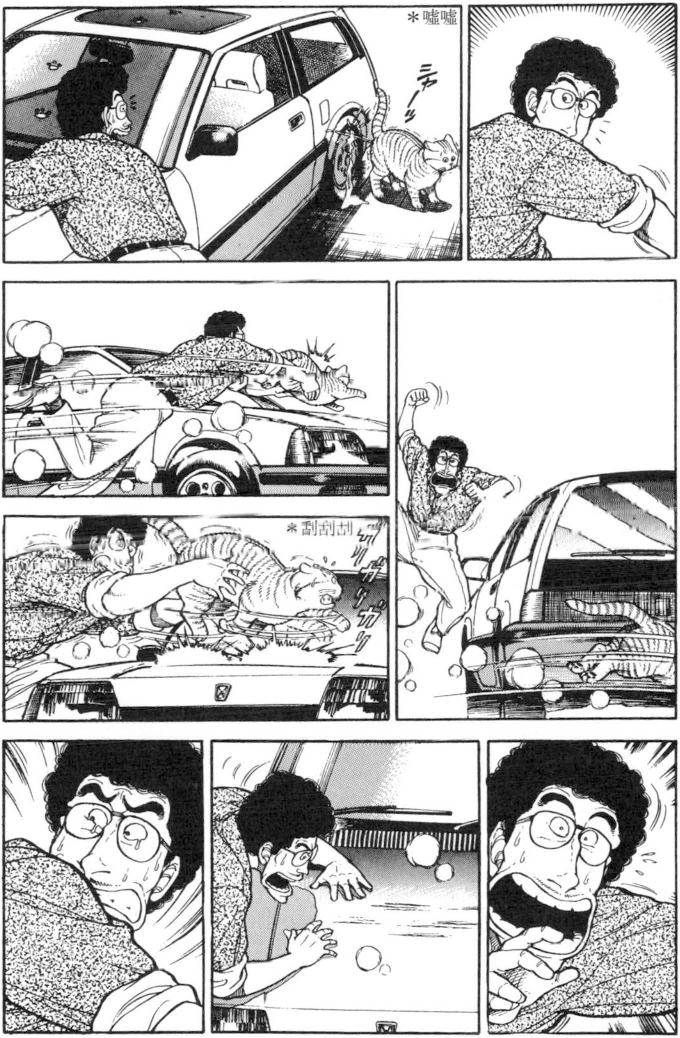
*噓噓
ニャーッ
*刮刮刮
ガリガリガリッ

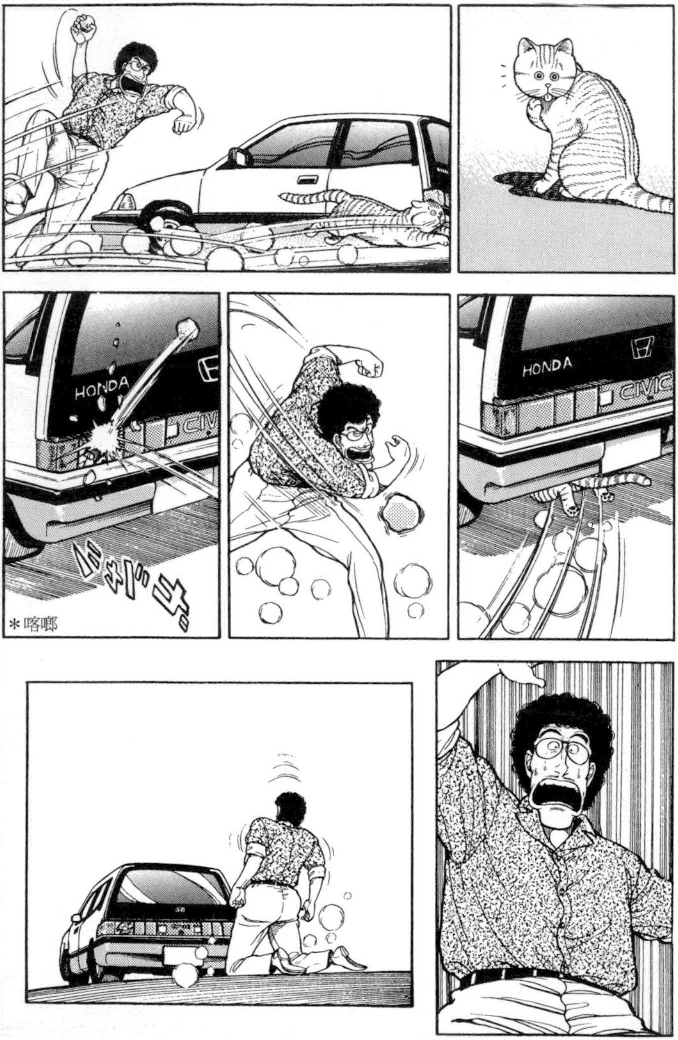
HONDA
CIVIC
HONDA
CIVIC
＊喀唧

キキキィッ
*嘰咿咿

*關門
THE END

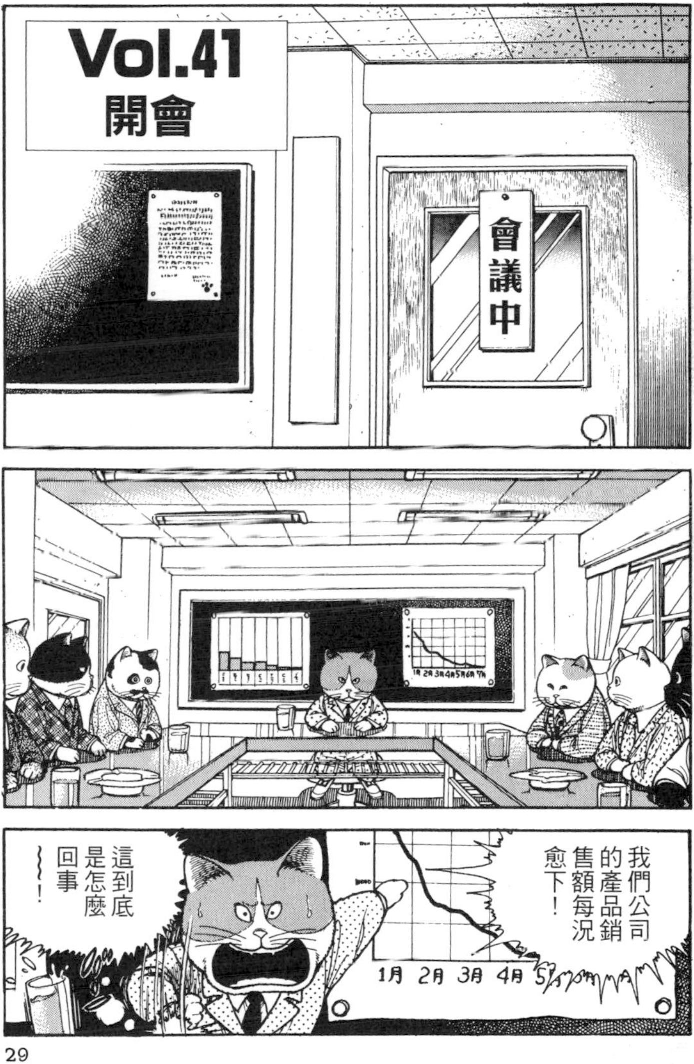
Vol.41
開會
會議中
我們公司的產品銷售額每況愈下！
這到底是怎麼回事～～！
1月 2月 3月 4月

＊舔舔
喂～開會不是讓你整理尾巴的！
麥可業務部長！請你說明一下！
……
……
喵
＊翻滾
喵什麼喵～～！
公司現在遇到危機了～～！
……
不准打呵欠～～！
競爭對手犬企業的業績蒸蒸日上，
接下來還要蓋大樓呢！
＊磅
＊咔嗒
＊嘩啦

＊滾滾滾
＊滾滾滾
＊咻
＊哐啷
總之，你們要如何使業績成長？
給我好好想想！
＊嘶
你在睡幾點的覺～～！

你覺得要怎麼做才能提升業績？麥可業務部長！
……
プゥ〜
……
＊噗
ヒクヒク
……
＊聞聞
呃……
＊沙沙沙！
ザッザッ
……
ザッザッ
ザッザッ
ザッザッ
ザッ

聽好了！
總而言之，我們必須度過這次難關！
所以全體員工必須團結……
嘶~~
嗯……
グググ…. *咕咕咕
嗯~~~！
嘶~~
……
……
你們有在聽我說話嗎~~~！

再這樣下去，公司真的會倒閉～～！
バン
＊磅
開會時禁止飲食～～！
……
ガタ…
＊嘎噠
喂！業務部長，去哪裡啊！
……
バタン
＊啪噹
不准擅自活動～～！
貓咪好像也不適合經營公司……

THE END

Vol.42
麥可的不幸

＊嘩啦嘩啦
啦啦啦啦～
バシャバシャッ
咦……
＊摩蹭摩蹭
ズリズリ
ズリズリ
＊蹭
ズ…
噗！
ズリズリ…
＊磨蹭磨蹭
哇哈哈哈～
哎唷～
哈哈哈～
發生了什麼事？

麥可居然用屁股擦地板，啊哈哈哈～
哇哈哈哈，別笑了，趕快清理地板啦！啊哈哈哈～
……
哎呀，麥可又要去廁所？
嗯……
嗯～
噗！
噗哈哈哈～他的表情好認真～好可愛喔～啊哈哈哈哈哈
啊哈哈哈，笨蛋！別笑了啦，說不定麥可是在拉肚子啊！啊哈哈哈哈～

咦～～為什麼拉肚子？
是不是冷氣太冷，冷到了？
這可糟糕了！得做個肚圍給他。
肚圍？
啊哈哈哈，這樣會不會太誇張了～～！
啊哈哈哈，當然誇張啊！哈哈哈哈
……
啊……
啊～～糟了！牛奶從昨天放到現在都沒換～～！
什麼～～所以麥可是喝了酸掉的牛奶嗎？
K ♡ MIL

……
對不起啊麥可！你還好嗎？
是我不好，不要那麼生氣嘛！
哼……
……
可以原諒我嗎？
……
……
ビチ
ビチ…
＊嗶嗶噗噗
怎、怎麼辦？他沒事吧？
都是我不好……
沒辦法了，如果到明天還是一直拉，就帶他去醫院吧……

*沙沙！
ザッ ザッ
……
……
*跌跌
ヒョコ
*撞撞
ヒョコ
噗！
噗哈哈哈，那是什麼走路姿勢啊!?啊哈哈哈哈
哇哈哈哈，不能笑啦~~因為大便黏在屁股上，他覺得不舒服才會那樣走路的~~啊哈哈哈哈
……

THE END

Vol.43 惜別之詩

但是也該想想送養的事了吧……
如果數量繼續增加，一旦生病就麻煩了……
咦……嗯……
我也下定決心了……
一定會有好人收養他們的……
放心吧！我不會把貓送給不疼愛他們的人。
真是抱歉啊，你們會更幸福的。
……
咪咪~~
麥可！波波！
雖然會很寂寞，但請你們體諒……
嗚喵

*叮咚
咦……
小貓送養
大林
來了~~
*嘰
*噠噠
啊……那個……
有事嗎？

我們聽說這裡要送養小貓……
欸……
咪啊……
……
……
咪～
咪～
咪～
咪～
喵！

我們會好好照顧他們的，每個月都會寄照片給你們。
拜託你們了。
你們幾個，要保重噢！
咪～～
咪～～
……
這是好事吧！
當然囉，他們一定會比待在我們家更幸福的。
嗯……
麥可！波波！
雖然一時會覺得寂寞，還是要打起精神噢！

THE END

Vol.44 天生絕配
「麥可和波波」
四房二廳
土地面積：128.77m²
建物面積：95.64m²
◎採光良好
◎收納空間充足
◎二樓也有廁所
太棒了～～夢想好久的獨棟房子～～！
通勤要花二小時！
貸款地獄開始啦～～
來，麥可！波波！這是我們的新家唷～～
家裡空間很大，你們可以盡情奔跑喔～～

怎麼啦？你們可以跑來跑去的唷！
嗅嗅
聞聞
嗅嗅
嗅嗅
嗅嗅
聞聞
貓咪還真辛苦呢……
嗅嗅
不仔細檢查每個角落就無法放心。
看來他們今天會很忙了……
因為也留了貓咪專用的出入口，
麥可和波波可以自由外出，看起來很開心！找獨棟房屋真是太棒了！

嗚~~喵~~
嗚~~喵~~
咦……
……
嗚~~喵~~
咕嚕~喵~~
咕嚕~喵~~
嗚~~喵~~

討厭～公貓成群來看發情的母貓，
不管是人還貓，只要是公的都好色呢～
嗯……
啊～
嗯？
麥……麥可！
你在嗚喵什麼啦～
你已經有波波了啊！到底在想什麼？
真糟糕耶你～
……
嗚喵喵！
嗚……嗚喵

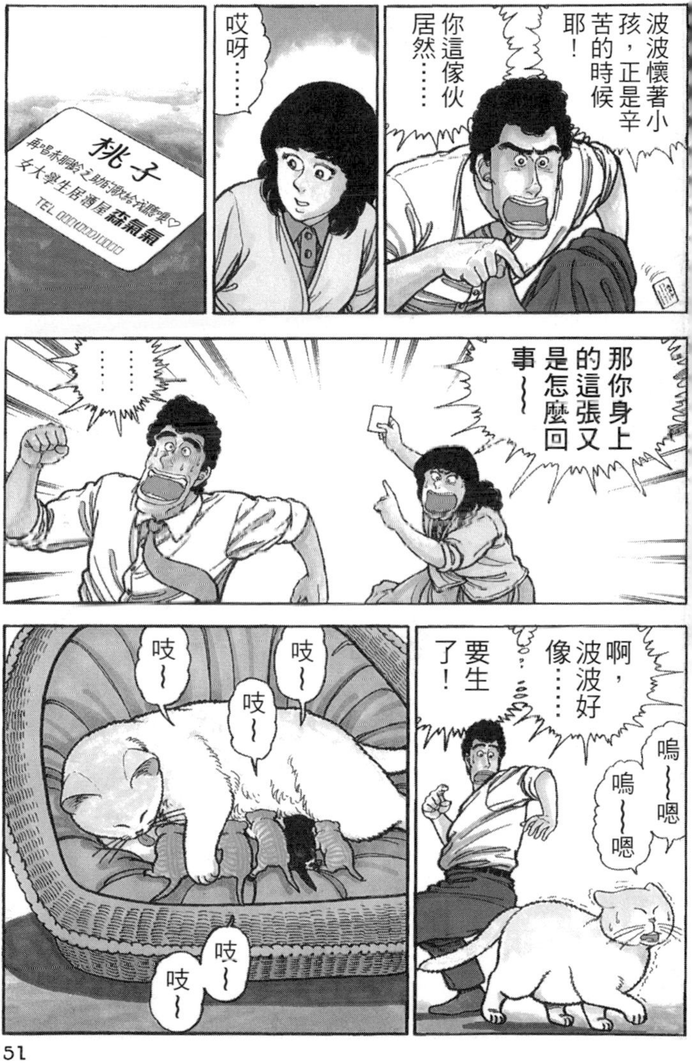
波波懷著小孩，正是辛苦的時候耶！
你這傢伙居然……
哎呀……
桃子
再唱赤胴鈴之助的歌給我聽噢♡
女大學生居酒屋 森氣氣
TEL
那你身上的這張又是怎麼回事～～
……
……
啊，波波好像……要生了！
嗚～～嗯
嗚～～嗯
吱～
吱～
吱～
吱～
吱～

這次生了五隻呢~~
不管什麼時候看都好可愛噢~
吱~
吱~
咦……
吱~
吱~
……
……
可惡耶，你們每個都這樣~~~
接下來所有人都不許出去~~~

THE END

Vol.45 與麥可在一起的七天

偶爾，
也會想要一個人
去旅行呢……
女友這樣說……
但是因為有
麥可，不能
離開家太久。
妳去吧，
我這樣
告訴她。

但是麥可……
只要放飯跟鏟屎就好了吧？
這些事我能搞定的。
咦？
你要來做這些事嗎？
好高興喔～～
哈哈哈，妳可以好好去玩囉。
麥可！我是你暫時的主人唷！
請多多指教！
麥可也很高興的歡迎我。
於是，我就來負責照顧麥可一個禮拜。
她也給了我一份詳細的筆記，照著做應該就沒問題了。
第一天
早上 一罐貓罐頭。
(罐頭是華美貓咪)
◎奶粉三大匙用溫水泡開攪勻
◎換水
◎清理貓砂

我馬上就去傑西的店買罐頭。
寵物商店 狗、貓、鳥
傑西
傑西的臉長得很好笑。
可以給我華美貓咪罐頭嗎？
貓飼料
好的！
一罐兩百圓。
……
……
好、好貴啊……
有便宜一點的嗎？
早安貓咪只要五十圓。
那個好！就給我那個！
我要二十罐！

＊嘰叩嘰叩
キコ キコキコ
好～～等等啊，麥可，馬上給你噢！
偶爾餵餵貓還挺有趣的，我也還算喜歡貓。
喵～～
喵～～
來～～吃飯飯了～～
多吃點啊～～
喵～～～
I ♥ CAT
……
……
＊嗅嗅
クン クン
……

＊嗅嗅
クンクン
怎麼啦？快點吃啊！
……
……
＊沙沙沙！
ザザッ
……
啊！
你在做什麼！快吃啊！
嗚喵喵～～
真是的，這隻貓是要吃多好啊！
啊嗡～
啊嗡～
中午
給他小魚乾當點心。
只好給他吃小魚乾了……
＊嘎吵嘎吵

喵喵～～
好乖好乖，來喔！
＊咬咬
ガリガリ
＊嚼嚼
ムシャムシャ
哈哈哈
好吃嗎？
＊嚼嚼
ムシャムシャ
＊呸
ペッ
……
為什麼頭和尾巴不吃啊！
喵
喵～～喵～～
喵什麼！把頭跟尾巴也吃掉！
你不吃完，我就不給你下一隻！
你這隻臭貓！

我們之間的氣氛變得很糟……
……
……
喵～～
怎樣～～!?廁所髒了要我清嗎～～?
才一點點，你忍忍啦！
明明就還能用！
啊！
臭傢伙～～！
ドドドドド
*咚咚咚

我回來了～～
唔……這是什麼臭味！
什麼嘛！貓砂都沒清，滿出來了啊！
這又是什麼？地板上都是小魚乾的頭跟尾巴～～！
可惡～～
所以我才說不能託給男人照顧啊……女友這麼說……
……
……
THE END

Vol.46

鎖定心頭好！

喵~
喵
喵~
喵
嚼嚼
……
喵~
喵!
……
……
嚼嚼
……
吧唧
……

嚼嚼
……
＊推走
ズズ…
……
……
……
!!
＊啪嘁
……
チョン
＊輕撥

*撥撥
……
コロコロ…
……
……
嚼嚼
*滾滾滾
……
コロコロ
コロ…
*滾滾
コロコロ…
*滾滾
……
コロコロ…
*抓
*啪嘰
!!
……

＊抓扒
……
……
嚼嚼
＊嗡
……
ブウ〜ン
＊嗡
嗚喵
＊抓
＊嗡
ブウーン
喵喵喵！
＊跳
嗚喵嗚喵喵〜〜
＊咚咚咚
ドドド
ドドド
＊嗒嗒嗒
……
喵嚕！
＊跳

THE END

Vol.47

想跟貓借手！

準備大掃除了~~!
啊~~好忙好忙!
*忙亂奔跑
*噔噔
喂,走開、走開~~
嗚喵!
*手忙腳亂
*忙亂奔跑
……
嗚喵
*跳
呼嚕呼嚕
*七手八腳

嗚喵什麼啦！
＊甩
我現在很忙，你去旁邊！
……
啊～好忙好忙～～！
＊拉緊
嗚喵喵喵
＊拍拍
啊！
喂～
給我去旁邊～～
＊急奔
嘿咻～～

唷！
……
下去～～～！
*嗡
ブゥ～ン
嗚喵
*磅
*嗡
ブゥ～ン
喵！
喵！
喵！
*拍拍
バタバタ
你這臭貓～～
我才剛擦好
耶～～

吼~~他真的很礙事，把他關到浴室好了~~！
嗯！
嗚喵喵喵~~
呼呀~
＊嘎啦嘎啦
啊嗡~~啊嗡~~
＊啪啊
呼~~
終於能夠安心打掃了吧。
＊撲通
怎麼了？
麥可掉進浴缸了~~！

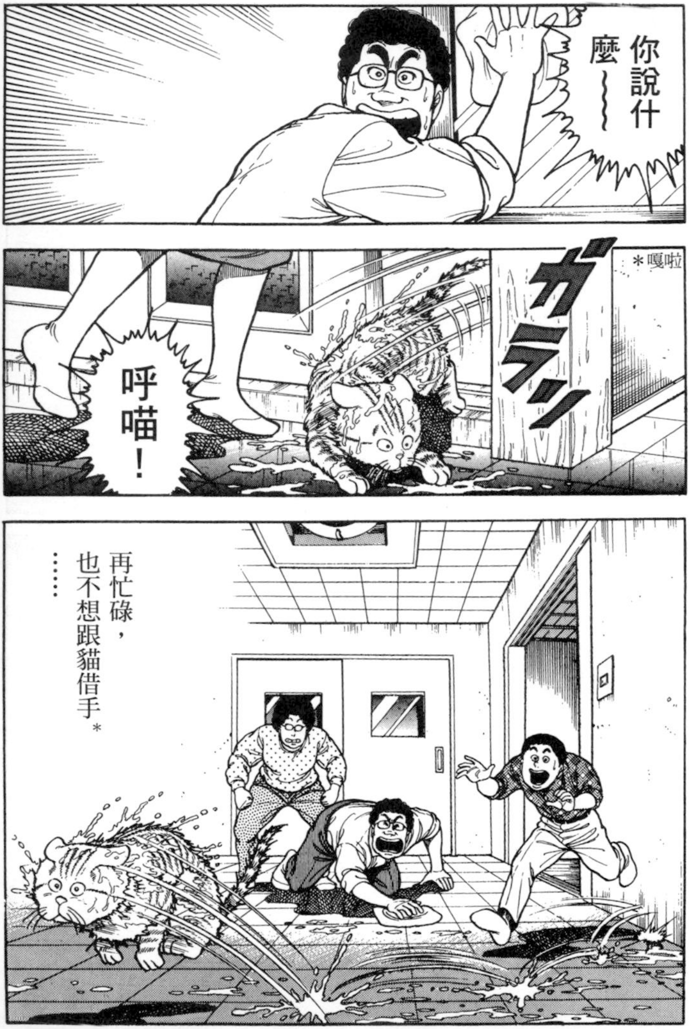
你說什麼～～～
ガラッ
＊嘎啦
呼喵！
再忙碌，也不想跟貓借手＊……

THE END ＊註：跟貓借手是日本慣用語，指忙到不可開交。

Vol.48 續・親密接觸《我想當隻貓》
喵〜〜〜
喵〜〜〜
……
*呵欠
クァ…
クァ…

＊舔舔
ペロペロ
＊擦擦
ゴシゴシ
ゴシゴシ
＊舔舔
ペロペロ
……
……
ヨロ…
＊搖晃
＊叩嘍
ゴン

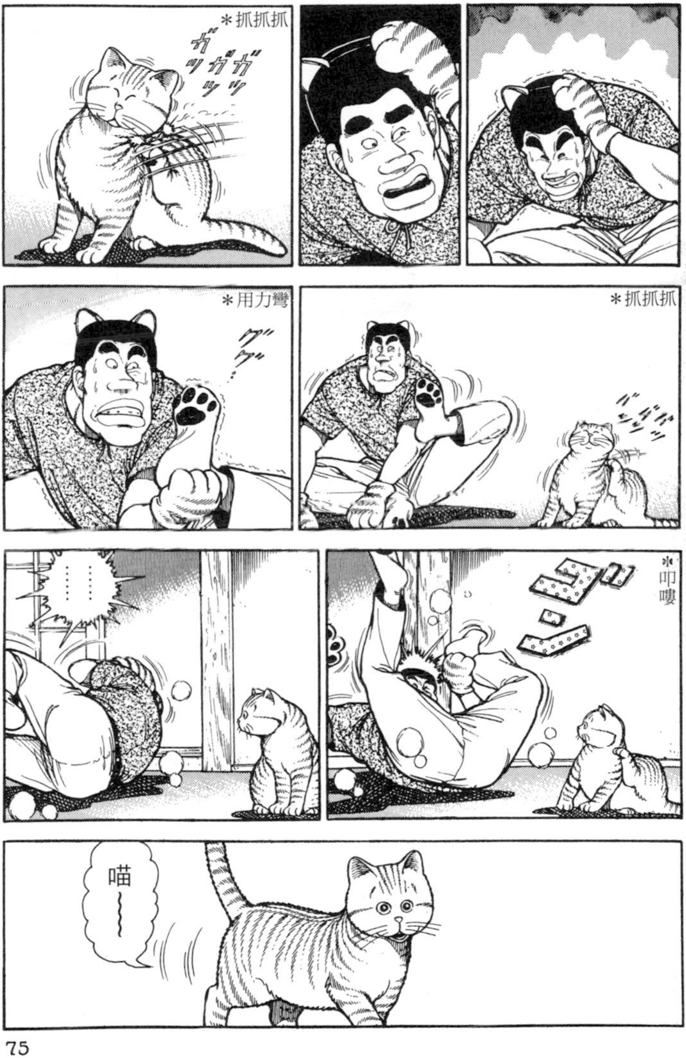
*抓抓抓
*用力彎
*抓抓抓
……
……
*叩嘍
喵~~~

＊磨蹭
呼嚕呼嚕
ズリズリ
喵～～
＊磨蹭
ズリ…
……
……
タタターッ
＊噠噠噠
喵喵喵～～
ドスドス
＊咚！咚！
喵喵喵～～

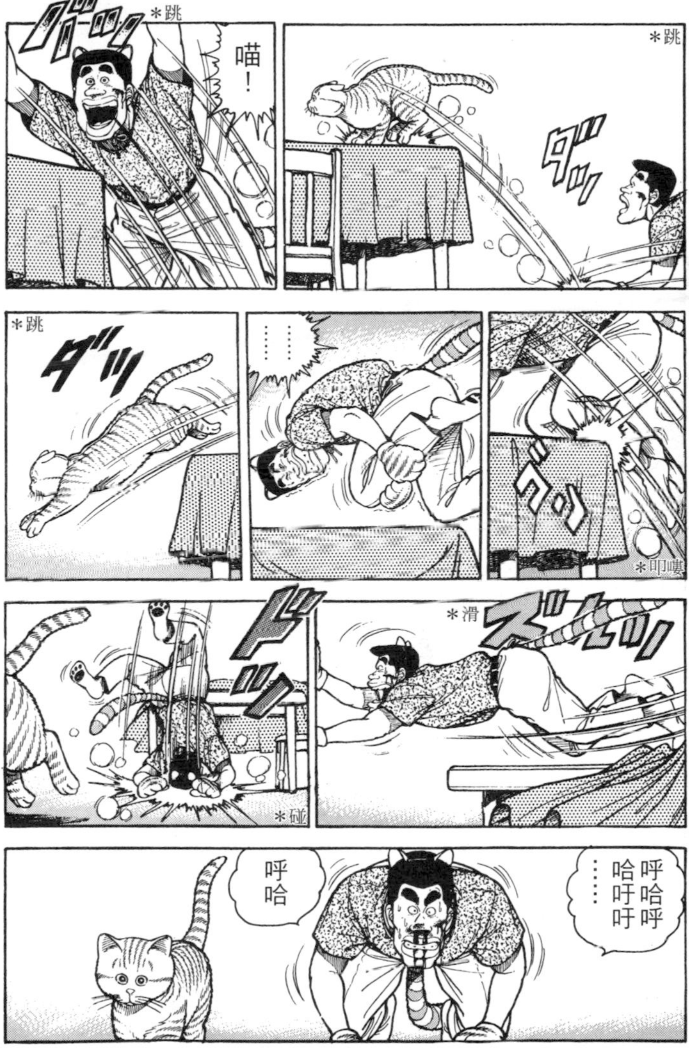
＊跳
＊跳
喵！
＊叩嘍
……
……
＊跳
＊滑
＊碰
呼哈呼哈吁吁……
呼哈

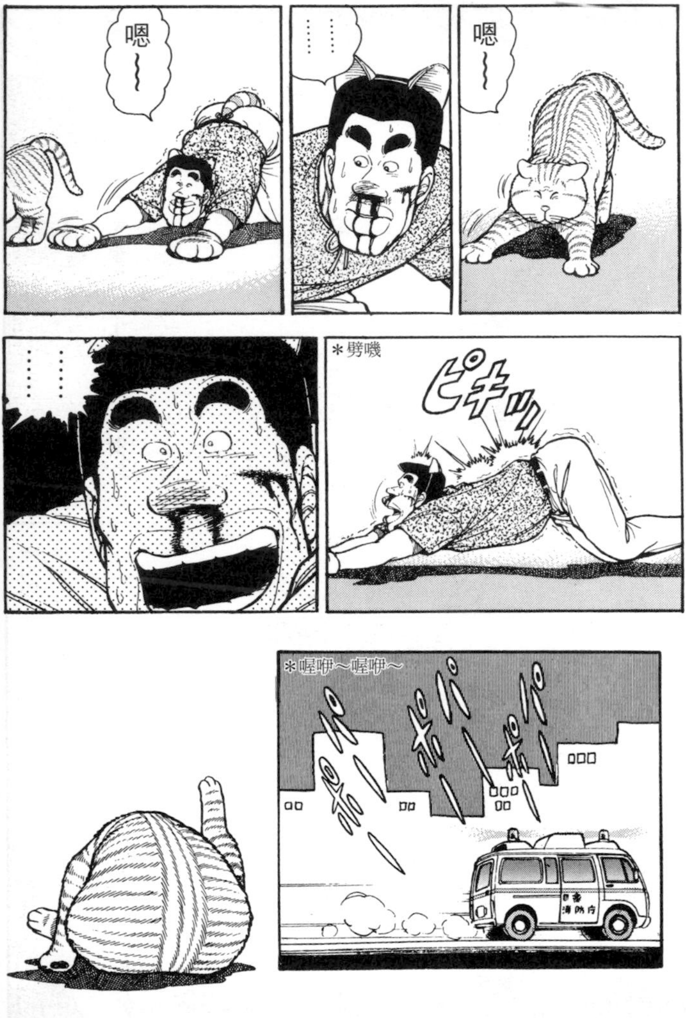

THE END

Vol.49 舞台上的麥可
＊啪啪啪啪
＊啪啪啪啪
謝謝！下一首歌對我來說是非常有意義的曲子，〈你的眼神已遠去〉。
嚕〜〜嚕嚕嚕嚕嚕〜〜

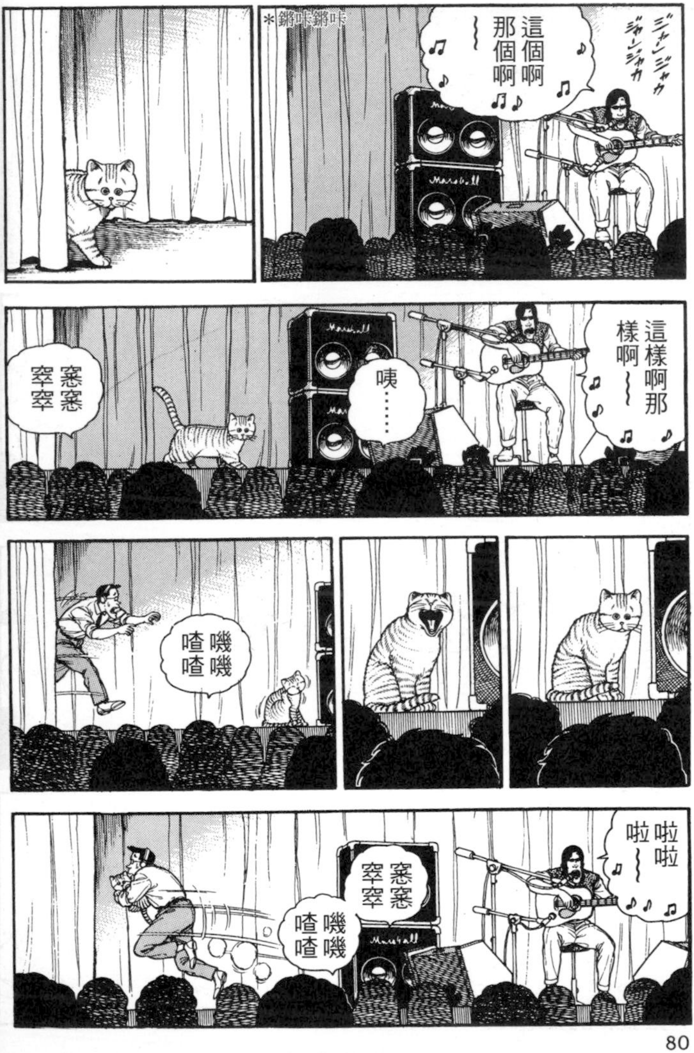
ジャンジャカ ジャンジャカ
*鏘咔鏘咔
這個啊那個啊~
這樣啊那樣啊~
咦……
窸窸窣窣
嘰嘰喳喳
啦啦啦~
窸窸窣窣
嘰嘰喳喳

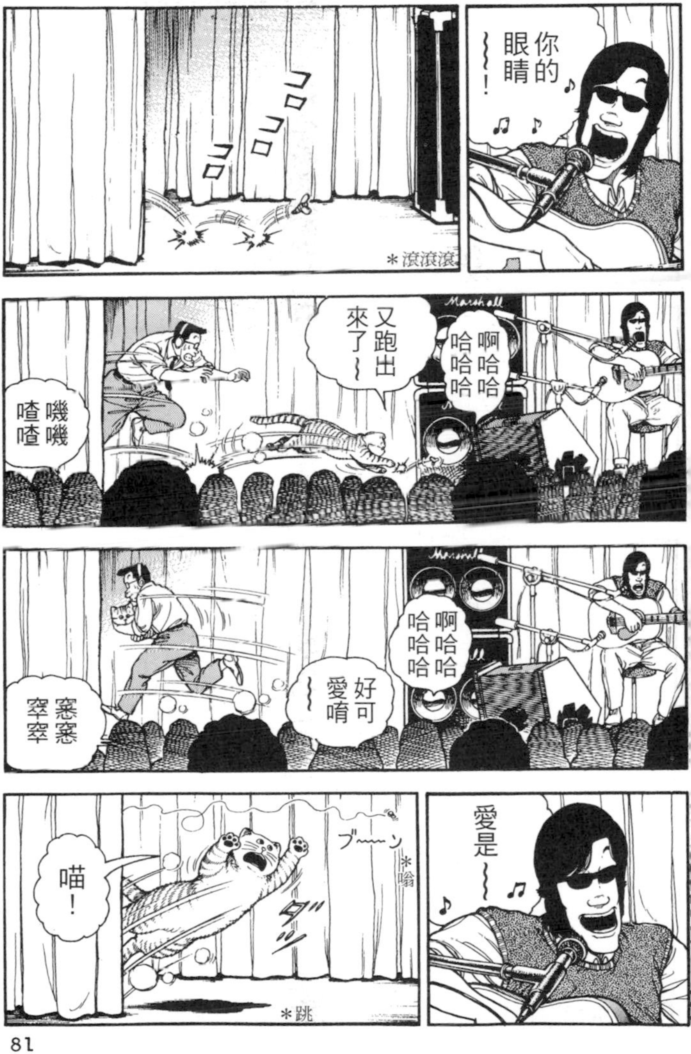
你的眼睛~~！
コロコロコロ
＊滾滾滾
啊哈哈哈哈哈
又跑出來了~
嘰嘰喳喳
啊哈哈哈哈哈
好可愛唷~
窸窸窣窣
愛是~~
ブ~~ン
＊嗡
喵！
ダッ
＊跳

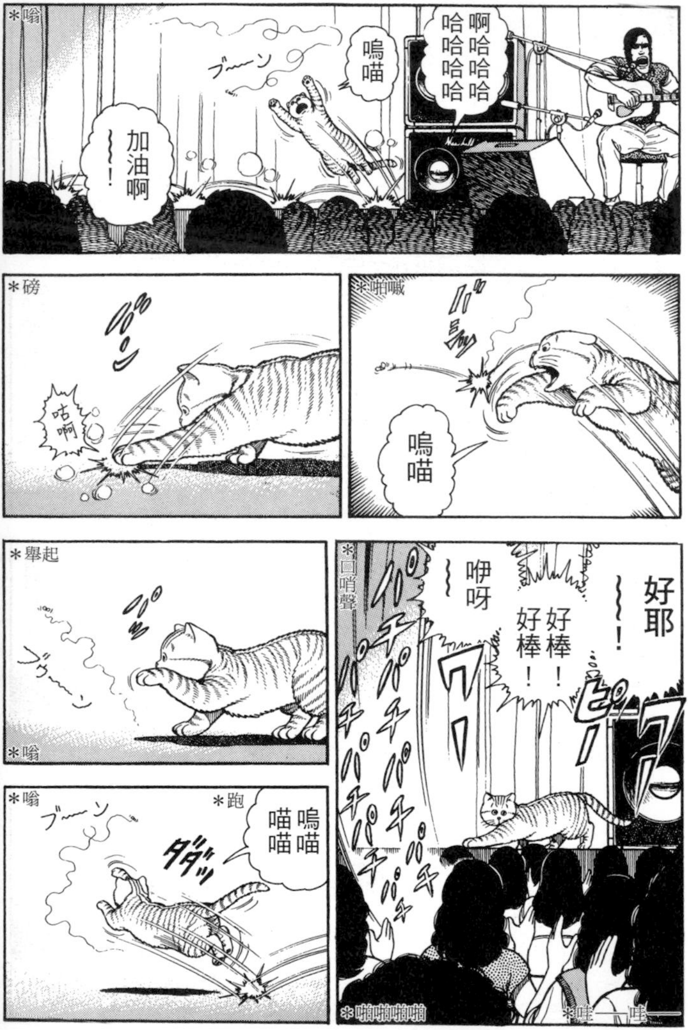
＊嗡
啊哈哈哈哈哈哈哈
嗚喵
加油啊～～！
＊啪嘁
嗚喵
＊磅
咕啊
＊口哨聲
好耶～～！
好棒！好棒！
咿呀～～
＊啪啪啪啪
＊哇——哇——
＊舉起
＊嗡
＊嗡
＊跑
嗚喵喵喵

嗚喵！
咕啊
＊拍
＊落地
咿耶～～
好耶～～
好耶～～
＊啪啪啪啪
呀～～
＊嘘
＊口哨聲
啊～～
安可！
安可！
安可！
安可！
＊拍拍拍
安可！
安可！
安可！
安可！

THE END

Vol.50
帶小孩的麥可
咪咪~~
咪咪~~
咪咪~~
咪咪~~
如你所見，麥可家族又有新成員了……
來~~這邊喔、這邊！
啊哈哈哈哈哈
咪~
咪~
咪~
パタパタ
パタパタ
*啪嗒啪嗒

看喔，看喔，
現在是這邊唷～～
咪～～
咪～～
＊啪嗒啪嗒
沒錯沒錯～～啊哈哈哈
咪～～
咪～～
……
＊啪嗒啪嗒
我也想玩啊……
但是身為老爸，
我必須忍耐……
＊啪嗒啪嗒
＊砰
＊砰
喵！
喵！
來呀來呀，加油～～
……
＊砰砰

啊哈哈哈，很遜耶～
這裡唷，這裡～
*砰砰
咪呀
咪呀
*砰砰
……
看、看不下去了……
來啊～～
*砰
*快跑
*啪嘁
*跳
嗚喵！
*踏
*啪啪啪啪
不愧是麥可～～！
咪～
咪～
我才不是因為想玩呢，只是身為老爸，必須表現一下……
……

……
嗯……
……
……
那是我的位置……
因為是父母，必須讓給孩子。
不用跑到那個角落啦，
麥可，過來這裡呀～
……
當父母真是辛苦啊……

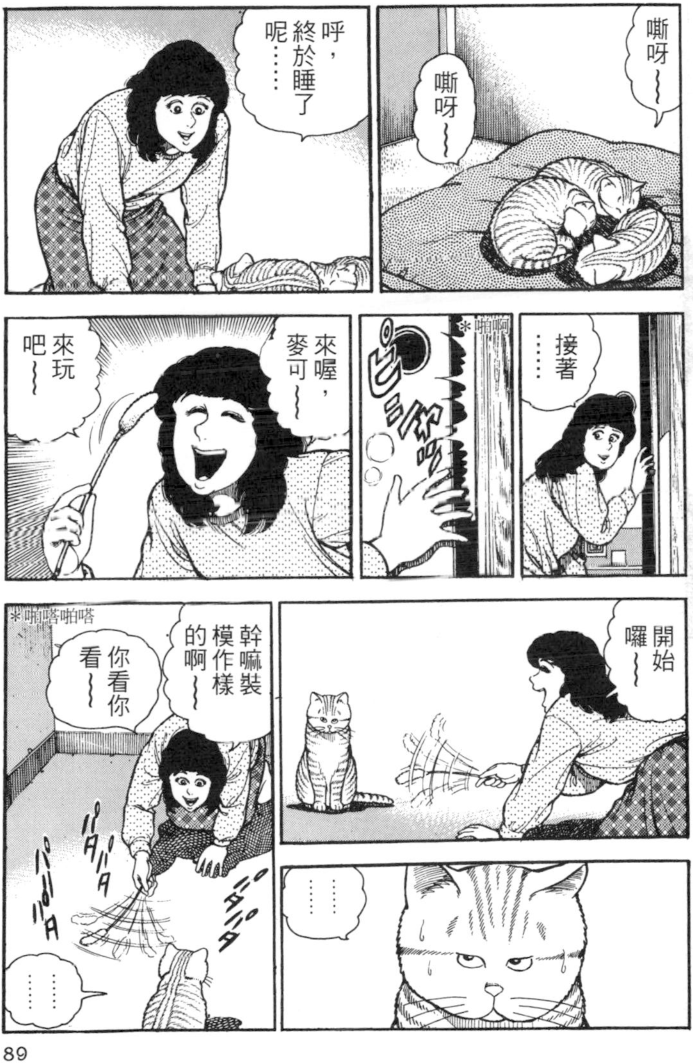
嘶呀～～
嘶呀～～
呼，終於睡了呢……
接著……
＊啪啊
來喔，麥可～～
來玩吧～～
開始囉～～
……
＊啪嗒啪嗒
幹嘛裝模作樣的啊～～
你看你看～～
……

……
＊啪嗒啪嗒
……
＊啪嗒啪嗒
……
＊啪嗒啪嗒
喔喔喔～～～！
嗚喵喵！
＊啪喊
＊啪嗒啪嗒
實力派喔～太棒了、太棒了！
嗚喵喵喵！
＊啪嗒啪嗒
＊追打
＊蓁～磅

養貓也是件相當花心思的事呢……

THE END

Vol.51 新·黑道講座
〈幹部M的憂鬱〉
黑道，綽號M……
講談組幹部……
在這世上天不怕、地不怕的他……

啊……
嗄……
……
……
……
……
*奔
ダッ
ダダッ
*跑
バッ
……
*跳
呼哈呼哈呼哈
不過是隻貓，就嚇得他流鼻水了。
可是……
在這種地方，要是遇上後輩該怎麼辦……

啊……
比起這個，如果……
彎過前面的轉角……
路中央有一隻蜷在坐墊上的貓要怎麼辦？
然後，要是……
那隻貓轉過頭來……
瞳孔瞇成一直線，
我該怎麼辦才好啊~~~！

比起這個，如果……
呼哈呼哈
如果麻里那女人養了貓……
在我去過夜的隔天早上準備了吐司……
奶油又滴到我腳上……
ポトン
＊撲咚
嗚喵
貓咪伸出舌頭過來舔，
舔舔
我該怎麼辦才好啊～～

還、還不只這樣，
如果，
當我殺進K他家……
K！納命來！
バッ
＊闖入
!!
ガバッ
＊掀開
K如果跟貓咪一起睡覺，我要怎麼辦啊～～
還、還有，如果……
呼哈呼哈

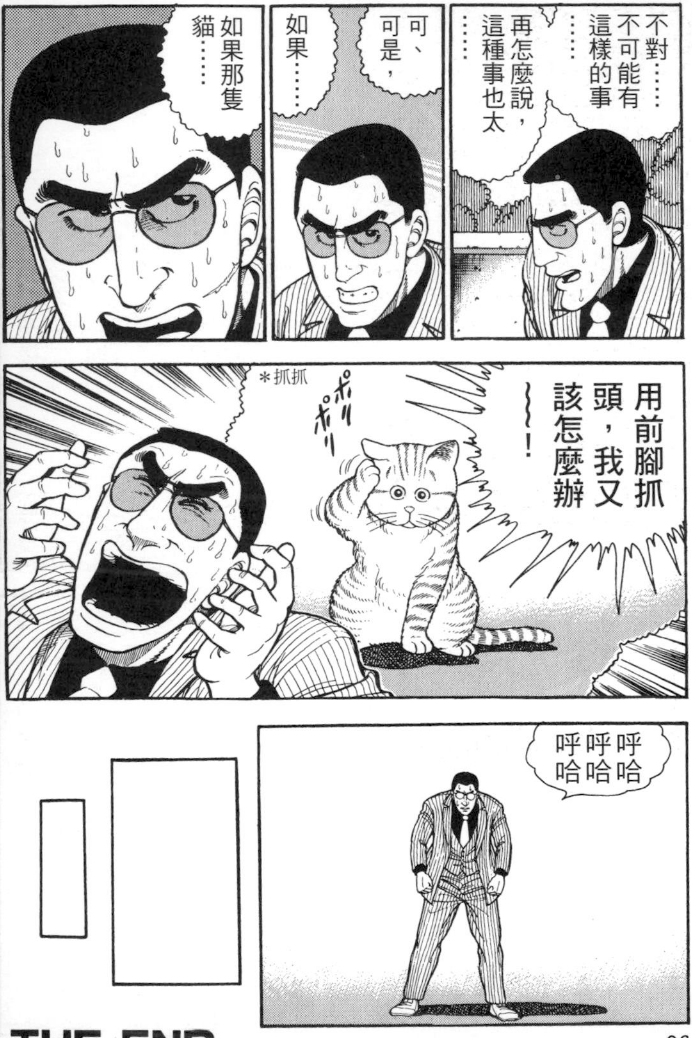
不對……不可能有這樣的事……
再怎麼說，這種事也太……
可、可是，如果……
如果那隻貓……
用前腳抓頭，我又該怎麼辦～～！
＊抓抓
呼呼呼哈哈哈

THE END

Vol.52
麥可的基礎知識

夏

冬

日
夜
強者
耳朵豎起
弱者
耳朵貼平
生氣的時候
ハァー
*哈氣
開心的時候
ゴロゴロゴロゴロ
*咕嚕咕嚕

更開心的時候
*呼嚕呼嚕
(騙人的)
頭癢的時候
*抓抓
(這也是騙人的)
屁股癢的時候
(雖然一直說很煩，但貓的前腳不會抓任何地方)
*抓抓
那麼，貓咪傷心的時候會怎麼做呢？
我們來問問貓咪博士今林老師。
HOTEL NEW

是的！
我來回答這題。
貓咪傷心的時候……
貓咪博士　今林老師
會這樣做。
那是在洗臉啦~~！
什麼貓咪博士啊~~！
今後也請多多指教~~

THE END

Vol.53
麥可的報恩
那我出門囉~
路上小心~~
ピシャッ!!
*叻啊
嗯……
你這隻臭野貓~~~!
……
又弄得到處都是~~
呼呀
ダダ
滾出去~~
去、去、去~~
*跑

*唦唦
ガサガサッ
*唦唦
……
ガサッ
……
……
*嘖嘖嘖
チチチチ
!!

ダッ
*跳
……
嘖嘖嘖
……
……
……
……

……
……
……
*咬住
バク
*跑
ダダッ
*快跑
ダダダッ

……
……
隔天早上……
我出門囉。
路上小心~~
ピシャ
＊啪啊
咦……
……
……

……
其、其實不用報答我……
……
嗯……
……
貓呢，
不會忘記報恩，
也不會忘記報仇……
THE END

Vol.54 來自委託人的信
〈私家偵探・根岸信一郎〉
根岸偵探事務所
我叫根岸信一郎，是名私家偵探……
從殺人案件到超自然事件，沒有解決不了的懸案……
某天，事務所收到了這樣一封信……
內容是這樣的……

（前略）我是在某證券公司工作的二十二歲粉領族立花禮子……
這件事發生在一年前……
我下班回家的途中……應該是晚上七點到八點間吧，我走在平常都會經過的公園……
突然間……
咪咪～～
咪咪～～

有隻小貓因為肚子餓在哭……
吱呀
我實在無法丟著他不管，也不顧自己一個人住在公寓，就把他帶回家了。
還給他取名為「麥可」……
然、然而——
真是的～～怎麼說呢，他還真可愛呢！

他晚上一定會跑來我的床邊，
ㄋ ㄋ
＊踩踩
他會踩踩棉被，告訴我「讓我進去」，這點真是超級可愛的。
我沒辦法，只好讓他進被窩，然後他就像人一樣把頭靠在枕頭上睡。
而且還在我耳邊打呼，鬍鬚還刺得我癢得不得了。這點又是超～級可愛的。
咕～
咕～～
然、然而──
麥可他啊，相當喜歡竹輪～

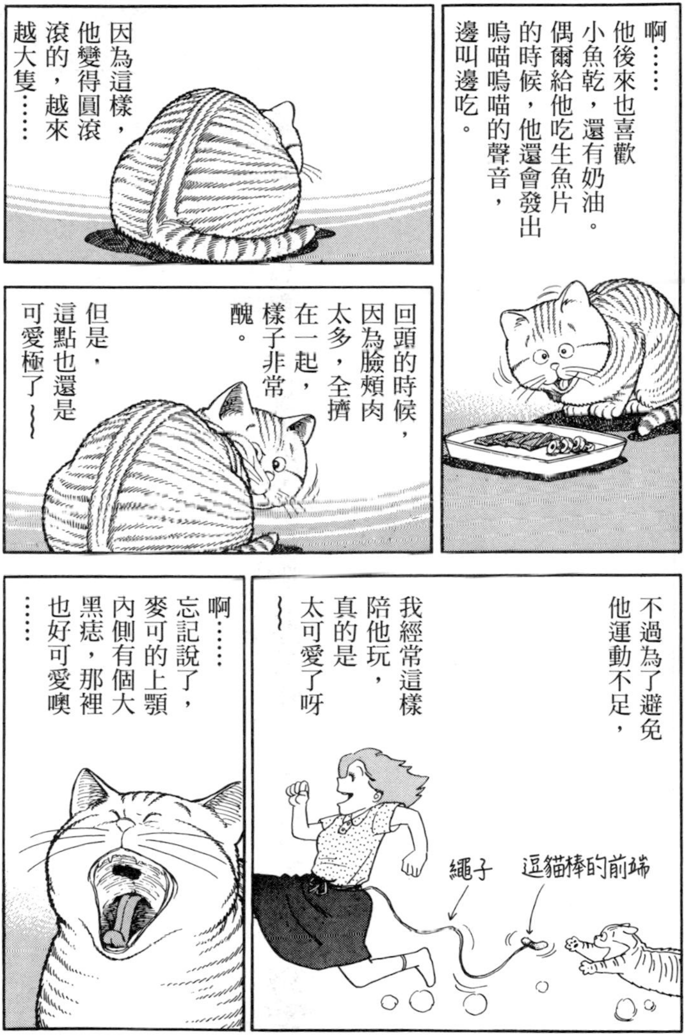
啊……
他後來也喜歡小魚乾，還有奶油。
偶爾給他吃生魚片的時候，他還會發出嗚喵嗚喵的聲音，邊叫邊吃。
因為這樣，他變得圓滾滾的，越來越大隻……
回頭的時候，因為臉頰肉太多，全擠在一起，樣子非常醜。
但是，這點也還是可愛極了~~
不過為了避免他運動不足，
我經常這樣陪他玩，真的是太可愛了呀~~
繩子
逗貓棒的前端
啊……忘記說了，麥可的上顎內側有個大黑痣，那裡也好可愛噢……

總之，我無法想像沒有麥可的生活。希望他要長命百歲喔！
好啦，再見了。
……
……
……
東京都品川區西五反田
貓咪手帖
讀者廣場收
……
我叫根岸信一郎……
是名私家偵探……
THE END

Vol.55

麥可的怪癖

ダッ
*跑
啊！
喂、你！
給我等等！
舌頭跑出來囉～～
*嗒嗒嗒嗒
ダダダダッ

喂～～
……
我不是說舌頭跑出來了嗎～
……
我不會對你怎樣！
快出來啊！
……
人家好心跟你說，你是聽不懂嗎～～
……

咦……
!!
呀哈哈
哈哈哈
哈哈哈
舌頭跑出
來囉~~
……
……
……

……
……
汪汪汪
汪汪汪
（舌頭跑出來了~~）
ダッ
……
*衝

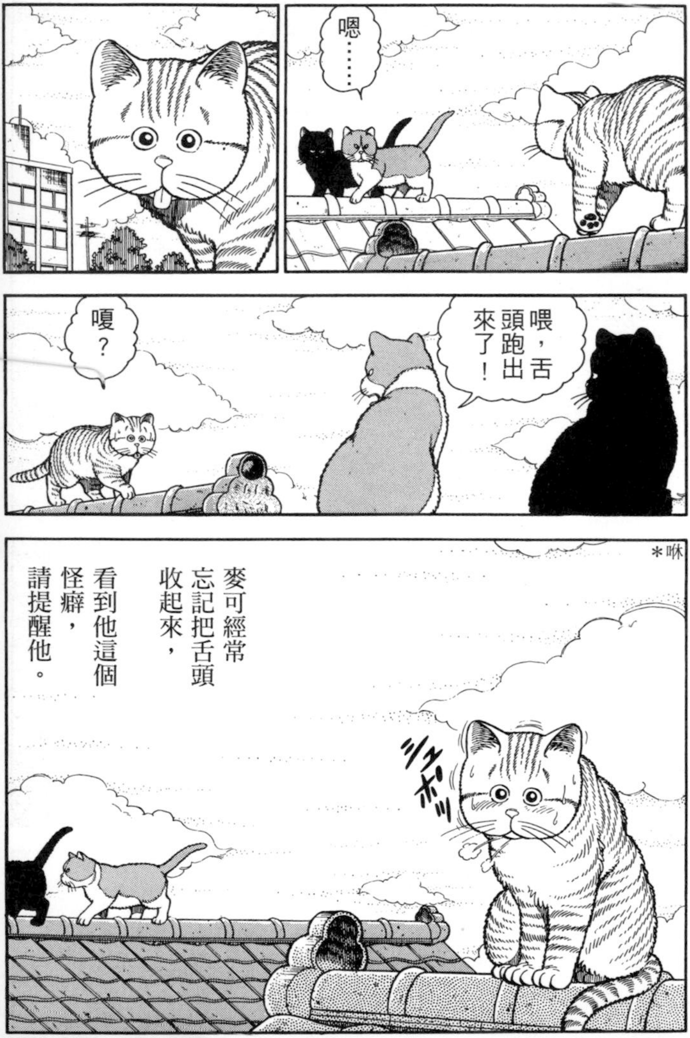
嗯……
喂，舌頭跑出來了！
嗄？
*咻
麥可經常忘記把舌頭收起來，看到他這個怪癖，請提醒他。
シュポッ

THE END

Vol.56 人質「山村刑警」

這該死的～～他脅持了多少人質？
呃……是一隻貓……
什……什麼～～
你白癡啊！只有一隻貓而已！
可、可是……
什麼叫做只有，這話什麼意思啊！
貓也是我們的家人啊！要是麥可有什麼三長兩短要怎麼辦啊～～
嗚喔喔～～
啊……好啦……
嗚喔～～
喂！你們下面的，給我安靜一點！
ガラッ
＊嘎啦

如果不聽我的話，
這隻貓就沒命了！
啊～～麥可～～～！
聽好了！準備現金五千萬和車——啊啊啊啊啊
ガリガリ
嗚喵喵～
*抓抓
放在玄關前面——啊啊啊
痛痛痛痛啊啊！
ガリガリ
呼呀！
*抓抓
知道了嗎——啊啊啊～
嗚喵喵喵～
*啪啊
ピシャ!!
請趕快準備現金和車子，
你們知道麥可現在有多害怕嗎～
可、可是那個……

咕啊……
給我下來~~
你可是人質呢！
好！車子準備好了。
快把人質放了。
＊嘰
聽著！在我逃走前不准靠近，
要是敢輕舉妄動，我就殺了這隻貓！
＊揮
＊衝

麥可～～～！
嗯……
嗯……
嗡～
キコキコ
キコキコ
チチチチ
チチチチ
パタパタ
パタパタパタ
＊嘰叩嘰叩
＊嘖嘖嘖
＊啪嗒啪嗒
嗚喵！
啊～～不要亂動～～
嗚喵喵喵
混帳東西～～
＊跳
グサッ
＊刺

痛死啦~~~!
抓住他~~~!
混帳東西~~~
ドドド
*咚咚咚
哇!
要什麼五千萬!
我們可是很忙的!
開什麼玩笑!
ボカ
スカ
ガン
ガン
*拳打腳踢
貓咪，好像也不適合當人質……

THE END

Vol.57
一起生活〈看電視這回事〉

ピッ
*嗶
接下來是天氣預報。
南方海面上有個低氣壓……
全國均有少量降雨的機會。
嗚喵喵喵
嗚喵
Victor
NETWORK

關東地區今晚的雨會下到深夜。
嗚喵喵
明天則會是好天氣。
喵
接下來是政治評論。
本次高峰會議的主題是，
日本、西德的貿易順差和美國的財政赤字，
還有歐洲僵化的產業結構等該如何克服……
也就是經濟結構的調整和……
美蘇雙方的軍備管理、裁軍談判……
ピッ
*嗶

在季節不對的湘南啦啦啦
下水游泳~~
啦、啦、啦、
結果感冒了~~
ピッ
*嗶
パチパチパチパチ
*啪啪啪啪
要我說幾次啊你這阿呆！我說，我做了麵包*。
說啥？你吃了內褲~真是個奇怪的傢伙~~
嗚喵喵
喵喵
誰會吃內褲啦阿呆，我說我做了麵包！
所以你吃了內褲啊！
咿呀嗚喵喵喵

*註：麵包（パン）和內褲（パンツ）的日文發音相近。

哇哈哈哈哈哈哈……
咪嘻嘻嘻……
道治！
咪喵喵喵！
媽媽！
喵喵！
對不起，道治！媽媽再也不會離開你了。
媽媽妳這個大笨蛋。
嗚喵喵喵嗚喵嗚喵……
嗚嗚～～
……
……
ピッ
*嗶

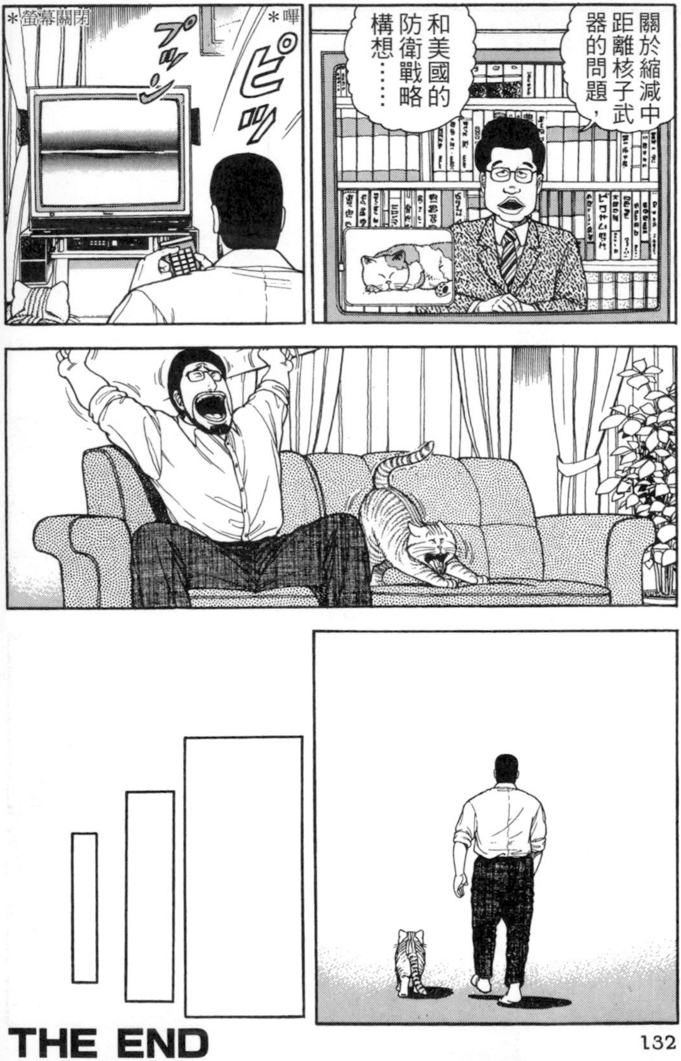
關於縮減中距離核子武器的問題，
和美國的防衛戰略構想……
ピッ
＊嗶
プツン
＊螢幕關閉

THE END

タッタッ タッタッ
*噠噠噠噠
タタタタタ…
*噠噠噠噠
Vol.58 勁敵
「麥可V.S.喵吉拉」
是一隻很可愛的貓欸！
可是她被裝在紙箱裡，丟在公園耶~~
妳知道照顧貓咪有多麻煩嗎？
不行！

拜託～我可以帶她回家嗎？
不可以！
哎呀，沒關係啦！
媽媽
這是個教育小桃生命可貴的好機會啊！
這什麼理由！我忙得很，有很多事情要做耶！還是爸爸你會幫忙照顧貓咪？
好啊，就這樣，
由我來照顧貓咪的話，就可以帶回來囉!?
哇～太棒了！謝謝爸爸！
好耶～那我們就馬上去公園把貓帶回家吧！

……
妳說的貓咪是這隻？
嗯。
不是小貓嗎？
我沒有說是小貓啊！
快點來幫忙啊～～
爸～～
……

＊嚼嚼
ムシャ
ムシャ
ムシャ
＊舔
ペロン
嗚喵
還要再一罐嗎……
真沒辦法……
……
＊嚼嚼
ムシャ
ムシャ
＊摩蹭
……
嗚喵
スリ…
喵吉拉已經和你變得親近了呢！
加油噢！
……

……
パタ パタパタ
雖然想要抓脖子，無奈腳太短碰不到……
＊揮揮揮
嘶~ 嘶~
嘶啊~ 嘶啊~
……
哺嗶~

加世子~~
怎麼了小桃？
我們家終於也養貓囉~~
嘻嘻嘻嘻~~
!!
……
……
媽媽~~買老虎給我~~
我不要麥可了，買老虎給我~~
妳在說什麼啊！
走、走著瞧……喵吉拉……

THE END

Vol.59

麥可一家的冒險

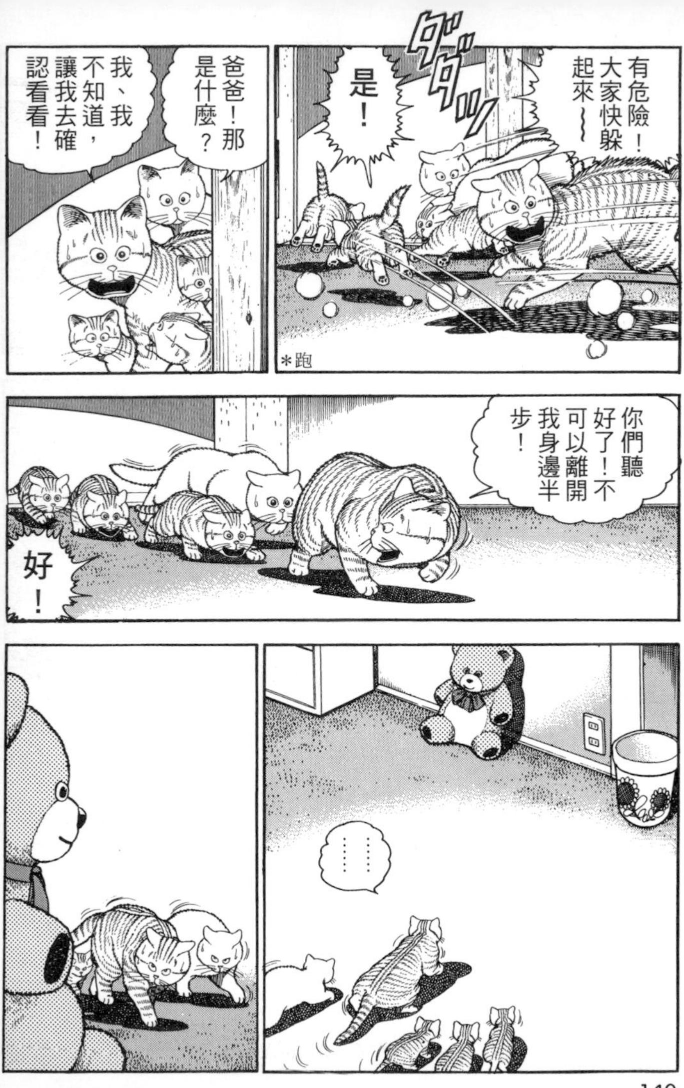
有危險！大家快躲起來~~
ダダッ
是！
*跑
爸爸！那是什麼？
我、我不知道，讓我去確認看看！
你們聽好了！不可以離開我身邊半步！
好！
……

*揮揮
パタパタ
凹嗡~
クルッ
*倒
啊~~~~~~
ドドドドド
*咚咚咚咚
爸爸，好可怕唷~
不用擔心，看爸爸的厲害！
爸爸加油啊~

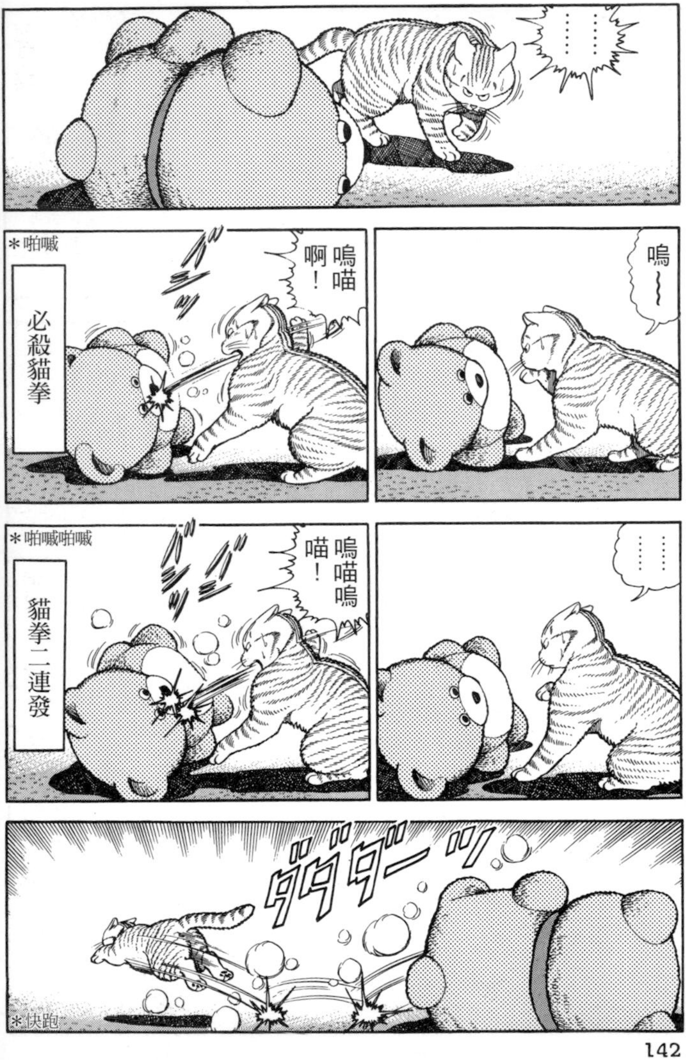
……
……
＊啪嘁
必殺貓拳
嗚喵啊！
嗚～～
＊啪嘁啪嘁
貓拳二連發
嗚喵嗚喵！
……
……
＊快跑

怎麼樣爸爸！
不清楚，但是剛剛的幾拳應該有打傷他了！
好～這次換我去了！
要小心噢媽媽！
媽媽加油～～
嗚～～
嗚～～
嗚喵！
ガブッ
*咬
嗚喵喵喵喵喵喵！
キック キック キック
*踢踢踢
大家都知道的貓踢！
ガッガッガッ
*踹踹踹
ダダーッ
*跑
還好嗎？媽媽！

沒事！看起來那傢伙不怎麼厲害！
好～～那接下來大家一起上吧！
是！
嗚～～
嗚～～
*打
*咬咬咬
嗚喵喵
嗚喵～～！
嗚喵！
*踢踢
*拍拍
走開～～你們在做什麼～～
這是我要送給朋友的生產禮物～～
搞什麼啦～～
*嗒嗒嗒嗒

THE END

Vol.60
喵吉拉也瘋狂？

各位觀眾午安～～
接著是「拜訪小貓」的單元，介紹名人飼養的貓咪～～
今天我們來到最近最受歡迎的女演員朝丘山雪路子的家。
打擾了～～
歡迎歡迎～～
我正在等你們呢～～

哇～～這就是大家的夢中情人朝丘山雪路子的家～～
好棒喔～～
哪裡哪裡。
來，請坐請坐。
那我們就進人主題了，
我們想看看妳家的貓。
好喔。
凱薩琳～～！
凱薩琳過來～～！
她好像不想過來，我去抱她。
好，麻煩妳了。

凱薩琳！妳在那裡睡覺嗎？
有客人來看妳了，出來打招呼吧～～
讓你們久等了～～
她是小凱薩琳～～
！
啊……那個……
那……那是什麼品種的貓啊……
這個品種叫做喵吉拉唷～～

告訴妳喔，凱薩琳會跳舞呢！
咦～～!?真的嗎～～
可以讓我們見識一下嗎！
好呀！
啊、喵
啊、喵
啊、喵
啊、喵喵喵！
對吧！
真……真的呢……
凱薩琳還會「等一下」～～
真的嗎？

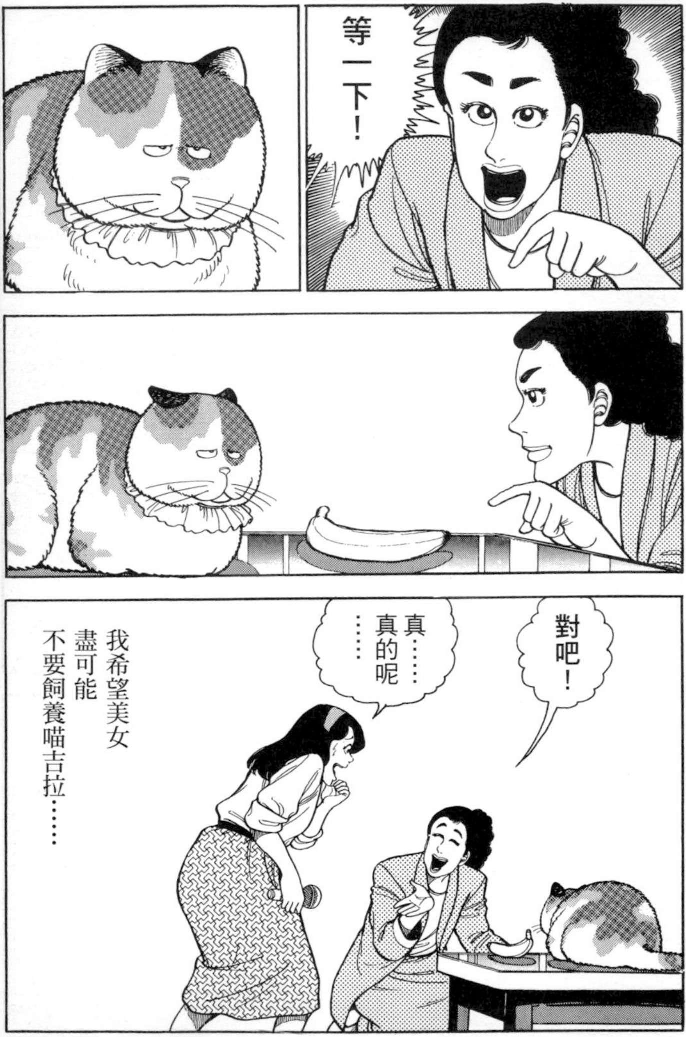

等一下！
對吧！
真……真的呢……
我希望美女盡可能不要飼養喵吉拉……

THE END

Vol.61
這位客人！
欸，鈴木，
我碰巧到這附近，就過來了。
啊！
專務＊！
討厭，這個人很難搞耶……
呃，請坐！
請您隨意就好！
咦……

＊註：對應台灣企業結構，通常指副總經理。

欸麥可！那裡是客人的位置啊！快起來！
嗚喵……
真不好意思，請坐、請坐。
……
哎呀~
天氣真的已經變暖和了呢~
咦……
嗅嗅

……
嗅嗅嗅嗅
……
……
……
欸麥可你在那裡幹嘛？
這樣很失禮耶，真是的~~
……
＊沙沙沙！
真的很抱歉，
來喝一點東西吧！
唔嗯……
＊咕嘟咕嘟

嗚喵
＊跳
啊，喂！麥可！
快下去！
……
嗚喵！
我說下去！
……
……
他真的是吼～不好意思啊！
那個，請喝請喝！
嗚喵喵！
嗯……

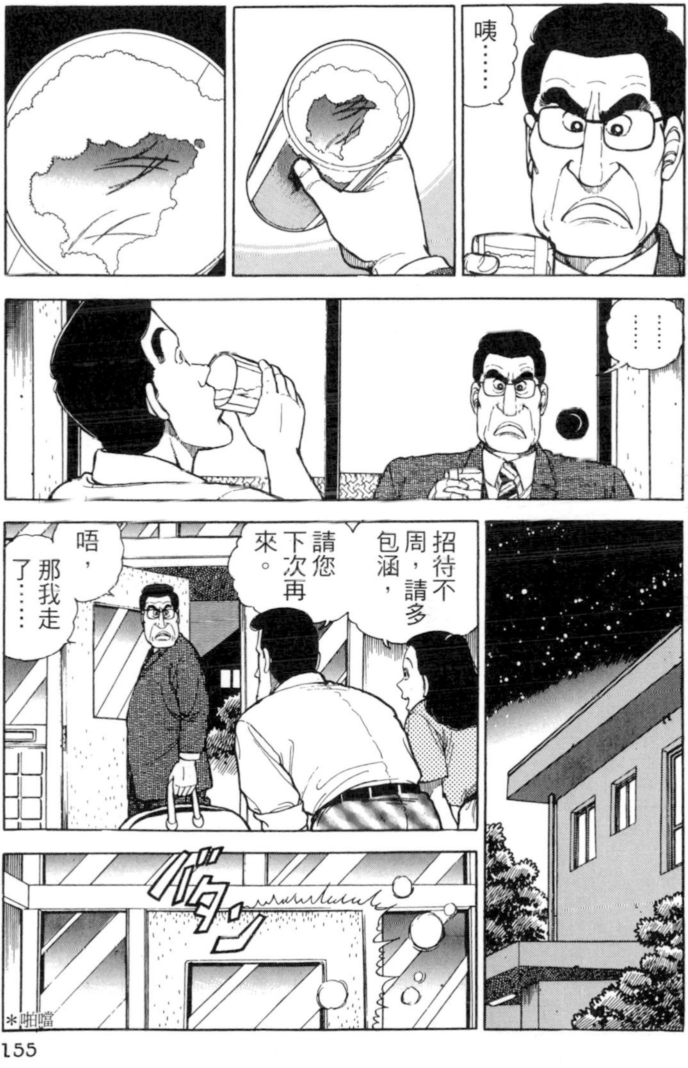
咦……
……
招待不周，請多包涵，請您下次再來。
唔，那我走了……
＊啪嚐

THE END

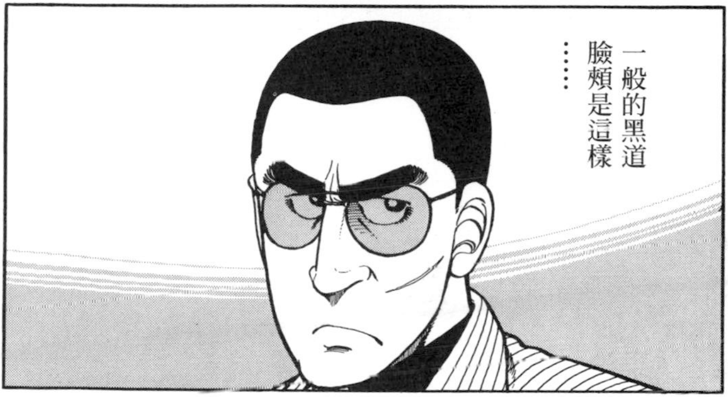
一般的黑道
臉頰是這樣……

Vol.62 壯烈！黑道K對黑道M！

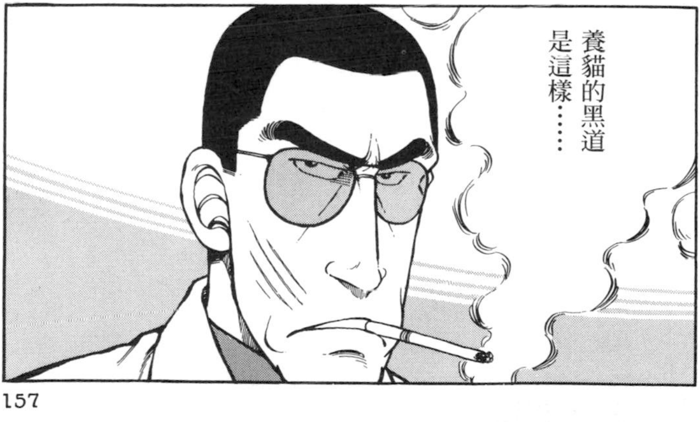
養貓的黑道
是這樣……

*叮咚
嗯……
誰啊？
是我，講談組的M！
唔……
等等、等一下！
*抓抓抓
*抓
……
嗚喵！
嗚喵喵～
*啪啊
*衝

バン
*磅
什麼事啊……
我不是來打架的，放輕鬆。我是想和你談談……
唔……
喂！你不覺得有股貓臭味嗎？
有嗎？是你自己心理作用吧！
……
……
我今天來不為別的……
是要我別碰音羽街嗎……
ス…
*悄悄
你還滿內行的嘛！

咦!?
你、你門幹嘛不關好!
呃……
糟、糟糕。
平常為了方便貓咪通過,習慣留十五公分的縫隙……
這、這是因為……
為了方便地震的時候……
咦……
……
為、為什麼面紙盒要倒著放啊!?
呃……
糟、糟了,因為貓咪會亂弄,索性就倒著放了……

那、那是因為……
這樣吃飯時可以拿來當成桌子用，很方便。
……
反正，我要說的是，
我們雙方都不想再流更多血了……
乾脆趁機談定……
嗚喵～
咦……
喂喂，剛剛有貓叫聲吧！
呃……
胡說什麼啊……剛剛是我放屁……
噗喵……
你聽！
……
總之呢，
我把話說在前面……

與其坐以待斃，
不如主動出擊……
呃……
＊起身
ガバッ
別緊張……
我是拿菸……
……
別嚇唬人啊……
!!
你、你為什麼拿著小魚乾～
呃……
糟糕，拿到麥可的點心了……
黑道K和黑道M的對決，還會繼續下去……

THE END

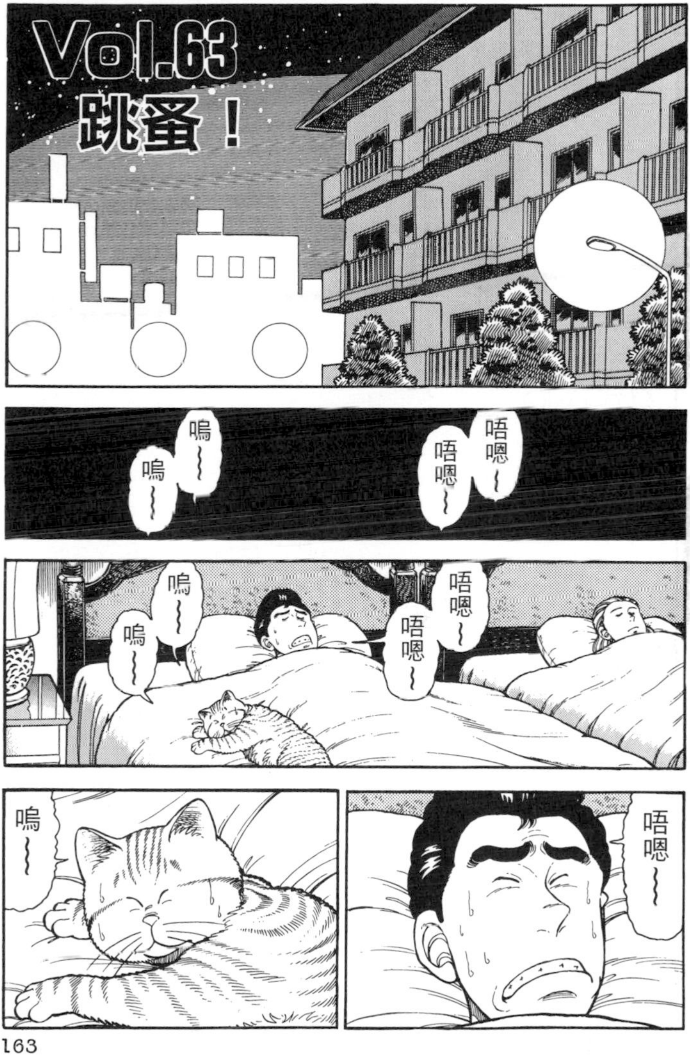
Vol.63
跳蚤！
唔嗯～
唔嗯～
嗚～
嗚～
唔嗯～
唔嗯～
嗚～
嗚～
唔嗯～
嗚～

啊～～
ボーボリ
好癢好癢
好癢好癢好癢～～
＊抓抓
嗚喵喵喵喵～～
ガバッ
＊起身
＊抓抓抓抓
怎麼了啊！大半夜的……
我也不知道怎麼了，但我好癢。
嗚喵喵喵
討厭，該不會是有蚊子吧！
蚊子會跑進被子裡嗎！
咦……
ピョ～～ン
＊跳
……
……
不、不會是……

麥可！
嗚喵喵！
※抓
サササーヅ
※逃跑
啊……
跳……
跳蚤！
可惡～～
就是這樣我才討厭養貓啦！
看你做的好事～～
你也不用這麼說吧～～

對不起啊麥可，你不要在意喔，
我會想辦法幫你清除跳蚤的。
＊抓抓
哼……
……
除蚤洗毛精和除蚤粉跟除蚤梳，
再來就是去獸醫院拿除蚤項圈。
謝謝。
寵物商店 狗、貓
傑西
但妳家明明是公寓，怎麼會有跳蚤……
也沒讓貓去外面走動啊……

栗針動物愛護病
犬·猫·他 TEL 945-11
是啊……
所以我也搞不懂。
唔~~
這個是「人蚤」。
嘎!?人蚤……?
主要寄生在人類身上的跳蚤，雖然也會寄生在貓狗身上，
但妳家的貓不外出，應該是人帶來的。妳想得到可能是誰嗎？
……

就是這樣啦。
你想得到可能是誰嗎？老公！
唔嗯～～
這、這樣說來……
前幾天去了田中家打麻將……
那時候……
田中經常東抓西抓的……
＊抓抓抓抓
ボリボリ
ボリボリ
……
……
那不就是你把田中家的跳蚤帶回來的嘛！
……
嗚喵喵喵～～
跳蚤，不是只有貓咪才會帶回家……
ボリボリ
＊抓抓抓

THE END

Vol.64
安身之處！

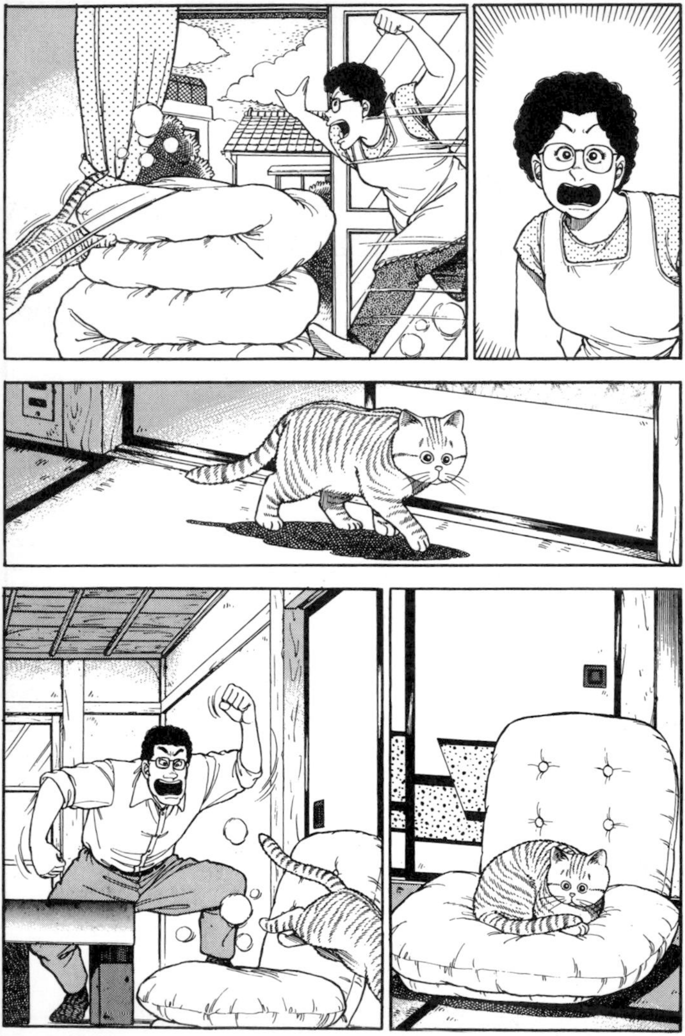

週刊現代

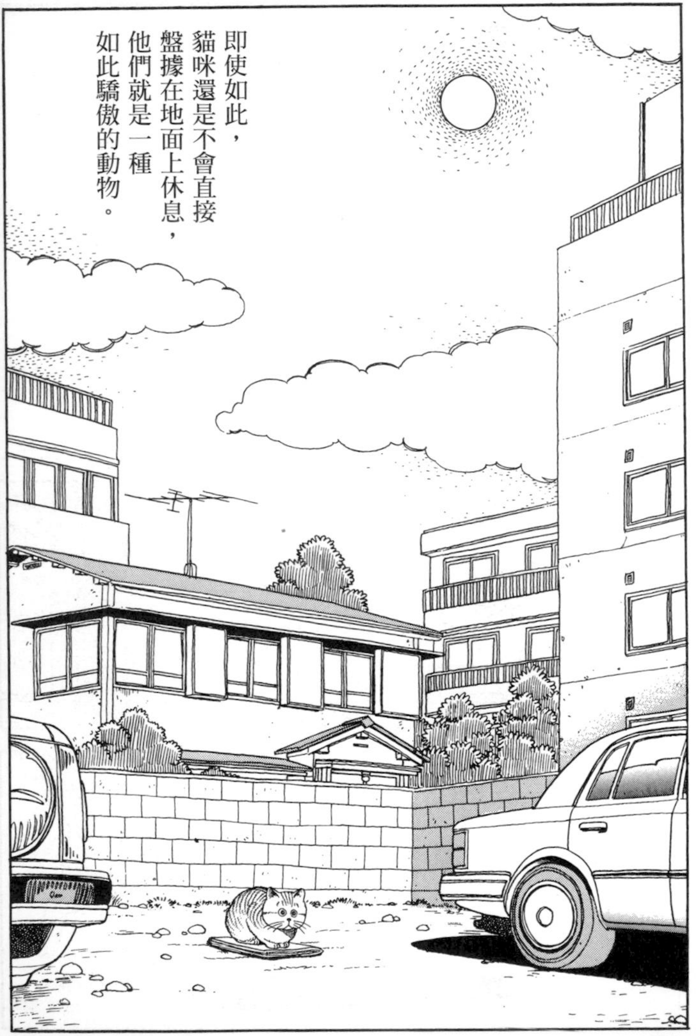
即使如此，
貓咪還是不會直接
盤據在地面上休息，
他們就是一種
如此驕傲的動物。

THE END

Vol.65
親子的羈絆

麥可的小孩
迷你可，
從麥可身上
學會了許多
事情……
磨爪子的
地方……
*抓抓抓
廁所的
使用方式……
啊~嗯
啊~嗯
咪吱~
還有向人類
撒嬌討東西吃的
方法……

好啦好啦
馬上就給你，等等噢～～
嗚喵～～
＊跳
乖啊乖啊
呼嚕呼嚕
咪吱呀！
＊跳
!!
＊嗖
嗚喵！
＊抓

好了~久等啦~~~
嗚喵
咪吱~~
迷你可勾到爪子，卡住了……
……
波波看到這一幕，
咪吱吱吱~~
像看到玩具一樣上前撥弄玩耍……
嗚喵！
迷你可也學了狩獵的技巧。
ザッ
ザッ
ザッ
＊沙沙沙
麥可抓了一隻蛇給迷你可……
嗚喵！
咪吱……

吼喔喔~~
＊吐舌
ペロ
ペロ
ペロ…
……
……
吼喔喔~~
哈啊~~
哈啊~~
嗚喵喵喵！
嗚嗚~~

咪吱～～
＊跳
哈啊～～
……
……
……
迷你可因為太緊張而開始跳舞……

看到這幕的麥可也……
……
跟著一同跳起舞來……
看到這幕的波波……
……
……
偷偷放了一個屁……
大家熟悉的麥可一家，又這樣過了平安的一年……

THE END

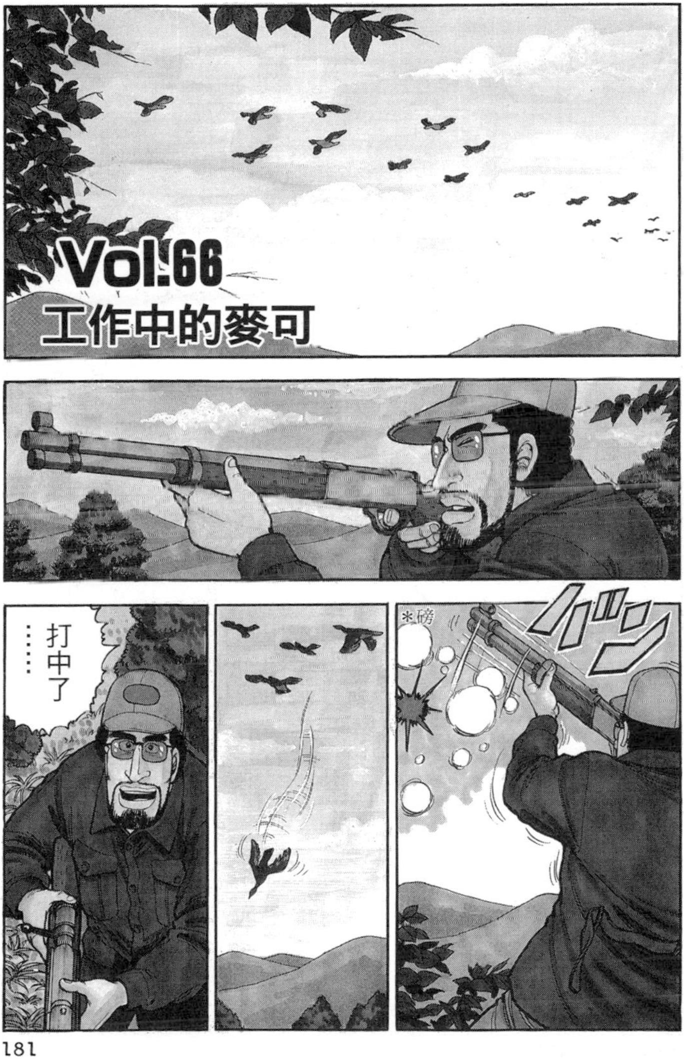
Vol.66
工作中的麥可
バン
＊磅
打中了……

快去吧麥可，
把牠帶回來。
ダッ
嗚喵！
＊急奔
……
好慢啊……
怎麼了嗎……
ガサ
＊吵吵
嚼嚼
嗚喵嗚喵
當場吃起來了……
……
貓咪不適合當獵貓啊……

キイイーン
＊飛行聲
這是本次新任務隨行的毒品搜查貓麥可。
您辛苦了。
來，聞到毒品的味道就通知我們！
咦！
ヒク……
＊嗅……
嗚喵喵喵喵喵喵～～
怎麼了麥可？
請讓我們檢查一下您的行李！
好，請看。

ガサガサ
嗚喵喵喵喵~
*嘎吵嘎吵
嗚喵！
嘎！
*舉
這、這是什麼！
這是柴魚塊，不能帶嗎？
不、沒事……
不要根據自己的喜好反應啊。
ゴン
*叩嘍
呼呀……
咦！
嗚喵喵喵喵喵~
嗯！怎麼了！

讓我檢查一下！
バッ
*打開
嗚喵喵喵~~
好、好的……
嗚喵喵
咦！
這是什麼！
嗚喵！
木天蓼……要用在奈良漬*裡的……
呃……
……
呼喵~~
工作時間誰讓你嗑木天蓼的！
ゴン
*叩嘍
呼呀！
貓咪好像也不適合做毒品搜查……

*註：奈良漬是日本奈良風味的醃菜，將瓜類為主的食材用酒糟醃製三年到十二年。

*颼颼
ピューッ
好了~~
出發!
*颼颼颼
ピュウウウーッ

更不用說要在
冷得要死的天氣裡
拉雪橇了……

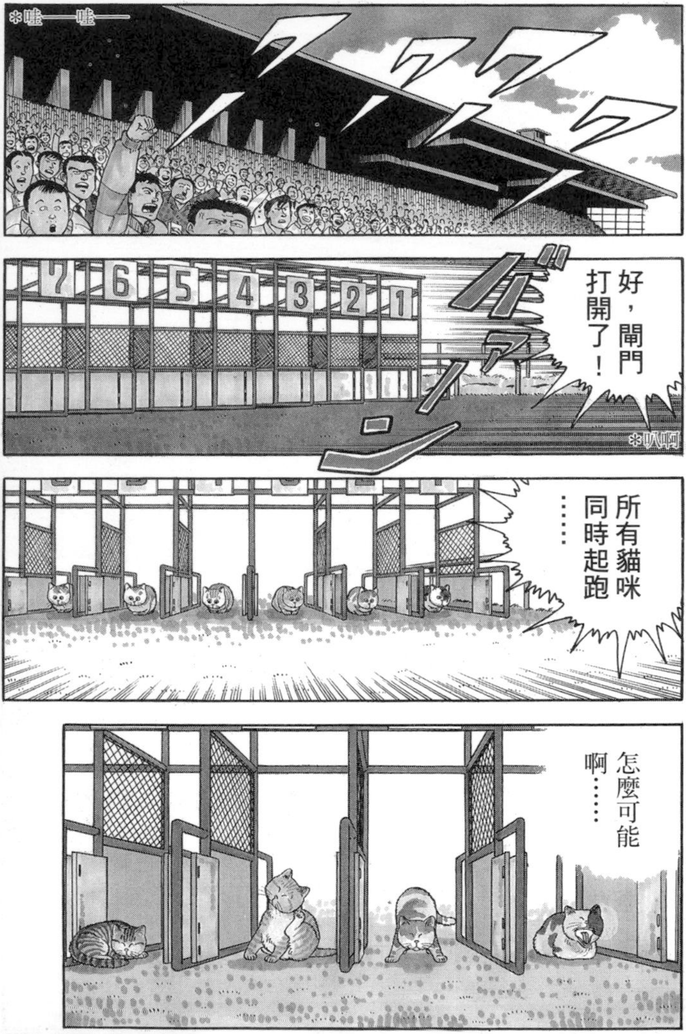
＊哇——哇——
好，閘門打開了！
＊叭啊
所有貓咪同時起跑……
怎麼可能啊……

THE END

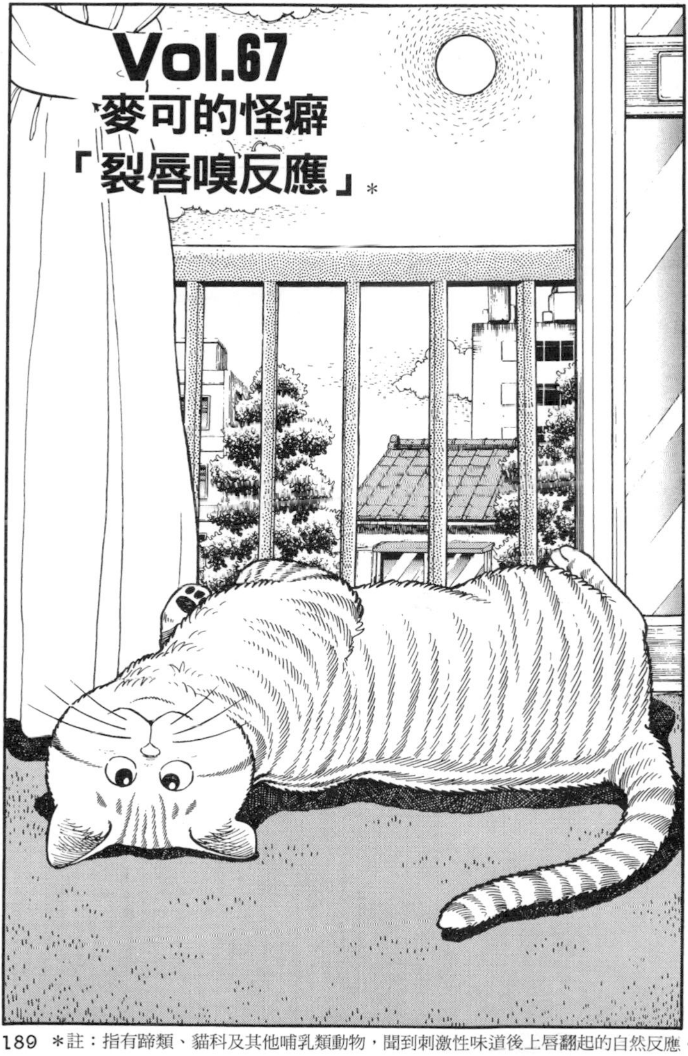
Vol.67
麥可的怪癖
「裂唇嗅反應」*

 *註：指有蹄類、貓科及其他哺乳類動物，聞到刺激性味道後上唇翻起的自然反應。

咦……
聞聞……
……
……

咦……
啊！
……
那、那個表情……
是裂唇嗅反應！
沒錯！
各位有見過貓表現出裂唇嗅反應嗎？

裂唇嗅反應是指聞到刺激嗅覺器官的味道時，
貓咪表現出嘴巴半開、眼神失焦的樣子……
就我的想法，
簡單來說就是……
覺得很臭。
而且，
看到貓咪裂唇嗅反應的人……
據說，
會死！
當然這是騙人的。

咦……
嗅嗅
……
嗯……
喂老婆~~
麥可又有裂唇嗅反應了~~
對不起啊~~
我忘記打掃那邊了啦~~

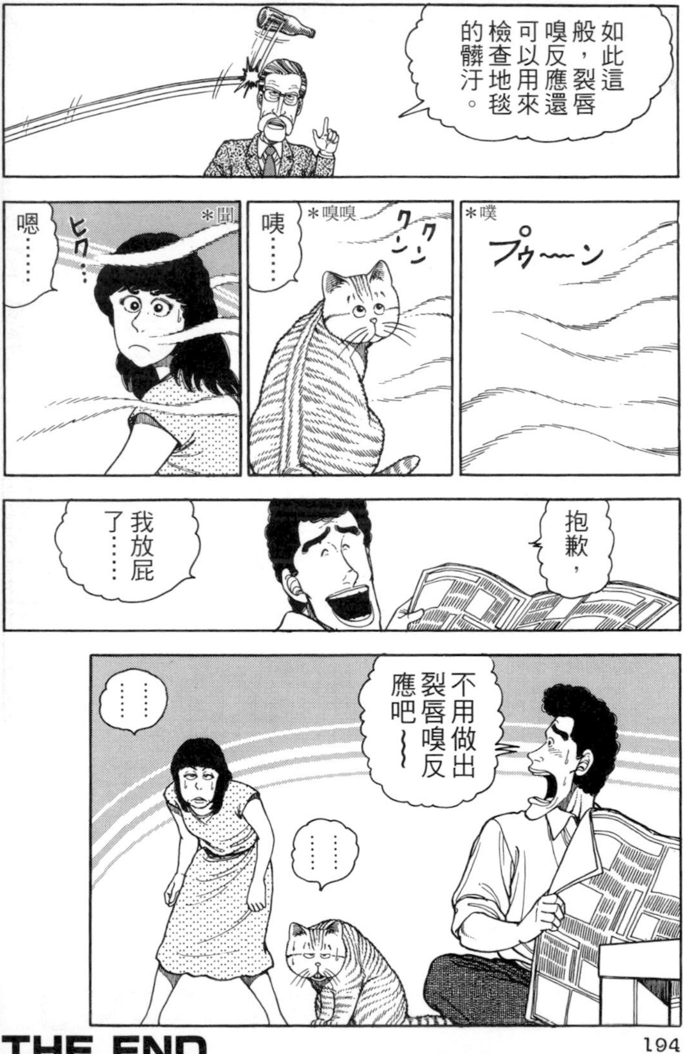
如此這般，裂唇嗅反應還可以用來檢查地毯的髒汙。
*噗
プゥ~~ン
*嗅嗅
クンクン
咦……
*聞
ヒク…
嗯……
抱歉，
我放屁了……
不用做出裂唇嗅反應吧~~
……
……

THE END

Vol.68

麥可一家 「恐怖的一天」

咕啊……
咦……
麥可！波波！
過來唷～
唔……
那、那是……
大家趕快逃啊～！
要洗澡了──
呼吱呀！
Michael
啊！被發現了……
*逃跑

給我等一下～～
今天一定要洗澡啦！
嗚喵～
咪吱～～
ガッ
波波先來！
啊喵喵～～
*抓
啊～～波波！
媽媽～～
老公～～
波波～～
ダダッ
*跑
バタン
*啪噹
*唰
ジャーッ
*呼呀啊啊啊
……
……

嗚呀呀呀～～
＊唰唰
不要叫得好像要被殺掉一樣！
＊嘩啦嘩啦
叫妳不要亂動啦！
呼呀呀呀呀～～
痛啊～～～！
＊叩嘍
呼呀呀～～
＊嘩啦嘩啦
＊嘰
呼哈呼哈
呼哈呼哈呼哈
好～～接著是麥可！
在哪啊～～麥可～～
咦……

你們為什麼這麼討厭洗澡啊～～
嗚喵喵喵～～
ドドドド
*咚咚咚
好、下一個！
呼哈呼哈呼哈
咪吱吱吱～～
呼～～
終於全部洗完了～～
咦……
啊啊～～
你們這樣不是讓我白洗了嗎～～
真是的～～！

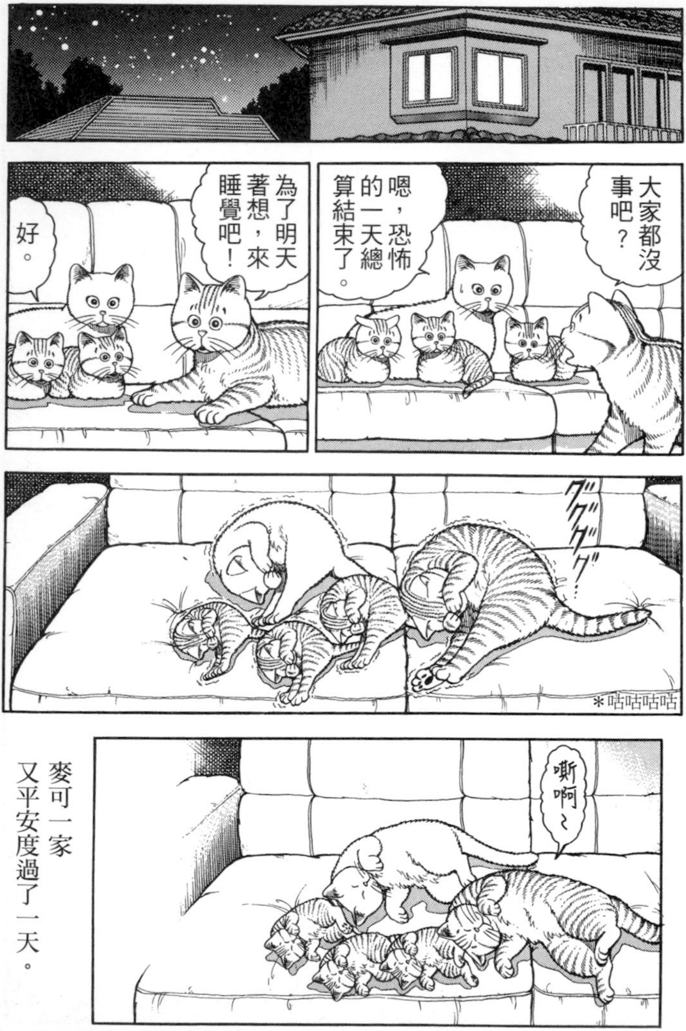
大家都沒事吧？
嗯，恐怖的一天總算結束了。
為了明天著想，來睡覺吧！
好。
ググググ…
＊咕咕咕咕
嘶啊～
麥可一家又平安度過了一天。

THE END

Vol.69 摔角場上的決鬥「喵吉拉V.S.麥可」

*註：作者此處借用的名字應是知名摔角選手屠大阿布杜拉（Abdullah the Butcher）。

*哇——哇——
終於來到這場世紀對決了！
獲勝的會是麥可，還是喵吉拉呢？
開始！
*噹
嗚喵！
*哇——哇——
哺喵！
哦！喵吉拉突然使出翻摔！
*抓住
嗚喵啊~~
*翻
*落地

＊哇——
噢～～轉了一圈後用腳著地！
真不愧是貓啊！
幹得好，麥可～～
＊咚
嗚喵！
哺喵！
喔！麥可他爬到繩子最上方了！
＊躍
＊跳
嗚喵！
肘部墜擊！
＊落地

哎呀～難得的肘部墜擊，居然因為貓咪習性而雙腳著地了。
……
這樣下去要怎麼分出勝負呢～
＊哇──哇──
哺喵！
＊衝
哦～是波士頓蟹固定，
這對彎背的麥可來說肯定很痛苦。
嗚呀呀呀～
＊擠
嗚喵喵！
然而身體柔軟的麥可翻身了！
哺呀
哎呀麥可咬她，這是犯規啊。
不行！一、二、三……
＊咬
嗚吱吱吱吱吱
麥可被罵了，但他裝做沒聽到！

重新開始~~
*哇——哇——
上啊~~麥可~~
嗚嗚~~
*哇——哇——
呼嗚~~
好，比賽重新開始了！接下來會變得如何呢？
加油~~
呼嗚~~
嗚喔喔~~！
……
嗚嗚~~
*哇——
呼喔~~

啊……
……
怎麼了麥可，上啊！
發生什麼事了？麥可竟突然蹲在角落。
嗯～貓咪的習性又跑出來了呢。
怎麼說呢？
貓咪，是討厭爭鬥的。
咦……
打啊～
打啊～
那就沒戲唱了呀～
到底是出來幹嘛的啊～
……
ブー
ブー
ブー
*噓——噓——噓——

THE END

Vol.70 絕喵追殺令！

＊註：此篇的哏出自1963年美國電視劇《法網恢恢》（The Fugitive），醫師李察· 金波（Richard Kimble）被控殺妻逃亡，在躲避警探吉拉德追緝的同時，努力洗刷冤屈。1993年改編成電影《絕命追殺令》。

理查·金不理
職業——獸醫
理所當然的正義，有時也會遭到蒙蔽……
他身陷殺妻疑雲、背負姦淫之罪，被宣判死刑，卻在押送途中因為火車意外而驚險逃脫。＊
MEAT

他一邊躲避固執的吉拉德警探，
FOOD
一邊持續他的逃亡生涯……

＊噠噠噠噠
給我出來~~
金不理~~
呼~~
呃……
毛、毛打結了……
是沒有好好梳毛嗎……
＊颯
＊抽
因為他的職業是獸醫，無法放下需要幫助的動物……

＊啪唦啪唦
誰……
你是什麼人啊！
呃……
不幫他梳毛不行啊！
放著不管，貓咪會把毛球全吃下肚的。
你想幹嘛啊……
呃……
不好！
積了好多耳屎！
要幫他清一下耳朵，
有棉花棒或紗布的話去拿過來！
啊、是。

嗯~~也沒讓他磨爪子，
我來剪指甲吧！
真、真是感謝你。
好，完成了……
妳看，他這麼高興呢！
以後一定要經常幫他清理。
感謝你幫了這麼多忙。
那麼，最後我就再教妳一招「抓貓舌」。
咦……
是抓住貓的舌頭嗎？
嗯，很簡單唷！
有奶油嗎？
啊，有的。
先這樣把奶油塗在拇指上……

麥可過來～～
嗚喵……
＊舔舔
趁現在！
＊掐
嗯咕咕咕咕咕
看，就像這樣！
真的呢……
以後別再忘了清理妳的貓，
再會。
啊……
…… ……

我是警察，快開門。
啊……來了。
妳有看到這個男人嗎？
啊……這個人剛剛才離開……
什麼！
他應該還沒走遠吧！
啊，那個……
他是什麼人啊？
通緝死刑犯！
嗄……
逃亡者理查．金不理，沒有一天可以休息……
跑啊！理查．金不理！
CANDY

THE END

Vol.71

幹部M「深夜怪談」

……
呼哈呼哈
呼哈呼哈
呼哈呼哈
呼哈呼哈
哈……

タ゛タ゛タ゛ッ
*快跑
……
呼哈呼哈
呼哈呼哈
呼……
ガラガラ
*嘎啦嘎啦
啊啊～～

＊碰
……
咿咿咿咿～～～！

呼哈呼哈
呼哈呼哈
……
……
ギロ
呼……
……

貓咪有
半夜集會的
習慣……

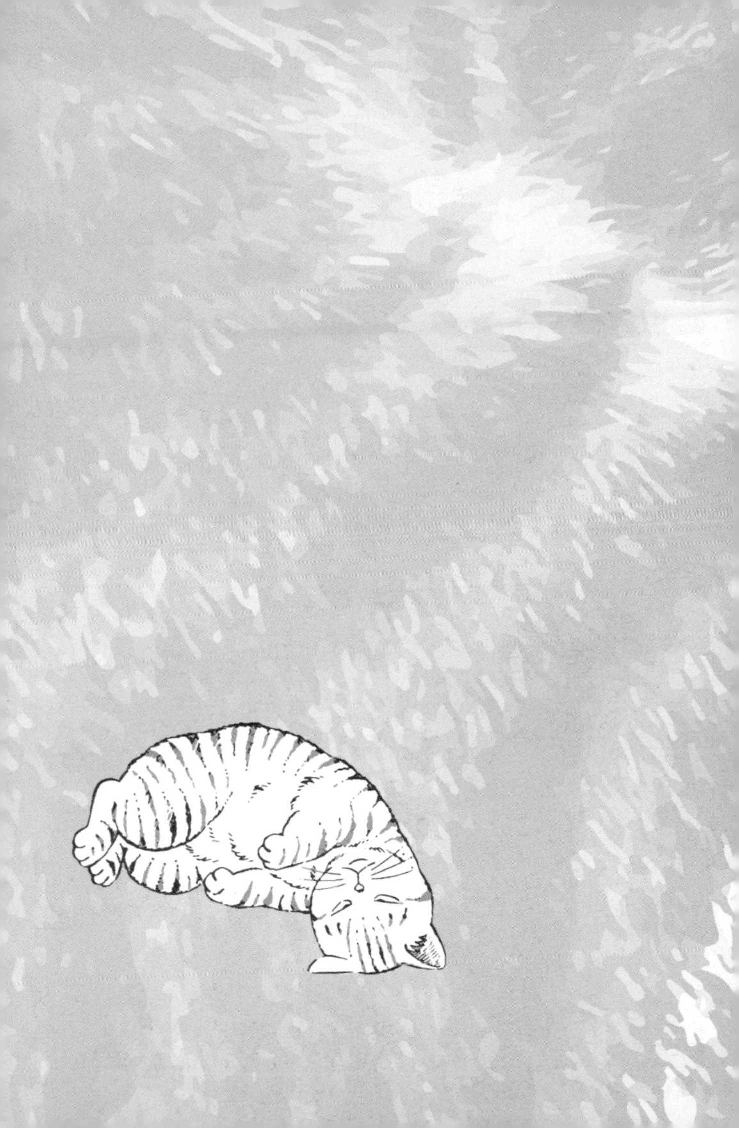

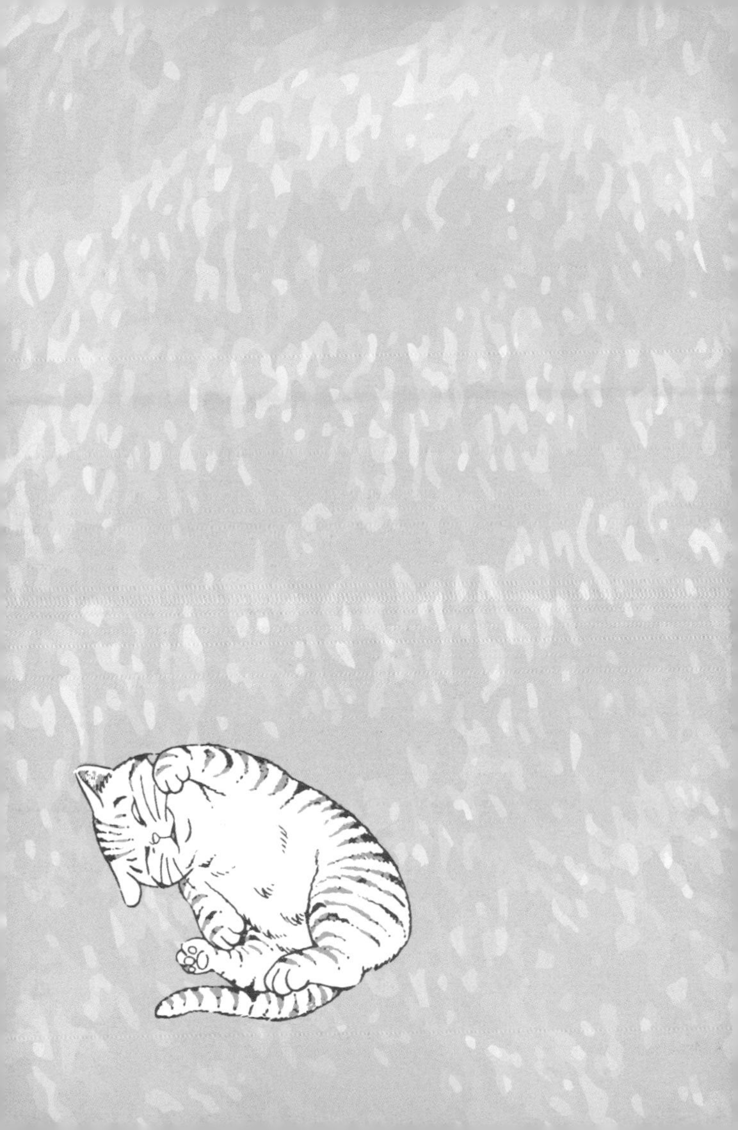

貓咪也瘋狂 2

What's Michael？2

作　　者　小林誠
譯　　者　李韻柔
美術設計　許紘維
內頁排版　高巧怡
行銷企畫　林瑀、陳慧敏
行銷統籌　駱漢琦
業務發行　邱紹溢
營運顧問　郭其彬
責任編輯　吳佳珍、賴靜儀
總 編 輯　李亞南
出　　版　漫遊者文化事業股份有限公司
地　　址　台北市105松山區復興北路331號4樓
電　　話　(02)27152022
傳　　真　(02)27152021
讀者服務信箱　service@azothbooks.com
發　　行　大雁文化事業股份有限公司
地　　址　台北市105松山區復興北路333號11樓之4
劃撥帳號　50022001
戶　　名　漫遊者文化事業股份有限公司
初版一刷　2019年1月
初版六刷(1) 2022年2月
定　　價　新台幣899元（全套不分售）
I S B N　978-986-489-023-1（套書）